中公文庫

新装版

五郎治殿御始末

浅田次郎

公論新社

目次

五郎治殿御始末

椿寺まで

ふいに立ち止まって鞋紐《わらじひも》を結び直しながら、小兵衛《こへえ》が呟いた。

「いいか、振り返《けえ》るんじゃあねえぞ。黙って俺の言う通りにしろ」

雑木林を透かす月かげが、ひんやりと新太《しんた》のうなじを舐《な》めた。小兵衛の物言いは尋常ではない。

「うしろからついてくる二人は、どうやら追いはぎ《かっぱぎ》だ。俺が立ち上がったら、おめえはまっつぐに走れ。そこいらの藪《やぶ》に飛びこんで、じっとしているんだ」

様子の悪い浪人が二人、つかず離れずにうしろを歩いてくるのは気付いていた。

「だから高井戸の泊りにしようって言ったじゃあねえかよ。今晩じゅうに布田《ふだ》まで伸《の》すって、かっぱぎに首を晒すようなもんだ」

「今さら四の五の言ったたって始まるめえ。なあに、うまく話《なし》をつけるさ」

「金なら出したっておくんなさいよ。命あってのものだねなんだから」

怯《おび》える新太の顔をしゃがんだまま見上げて、小兵衛はにっこりと笑った。

「新太。おめえ、生意気な口をきくようになったな」

「それどころじゃあねえだろ」

小兵衛はふしぎなほど落ち着いている。

革の道中羽織に羅紗《らしゃ》の襟巻、振り分け荷を背負った身なりはいかにもお店《たな》の主人で、それが十《とお》ばかりの丁稚《でっち》を連れて夜の峠を越えようというのだ。

奴らは高井戸の宿場はずれから、ずっと後をつけてきたにちがいない。かっぱぎ浪人の目から見れば、格好の的《まと》である。

小兵衛は脇差《わきざし》の柄袋《つかぶくろ》をほどいた。

「旦那、手向かっちゃならねえよ」

「心配《しんぺえ》するなって。食いつめ浪人なんぞに叩《たた》っ斬《き》られるほどやわじゃねえ」

新太はちらりと振り向いた。月あかりが斑《まだら》に差し入る木下闇《こしたやみ》に、大きな影がふたつ佇《たたず》んでいる。ひとりは寒そうに肩をすくめて腕組みをし、もうひとりは百日鬘《かずら》でも冠《かむ》ったように、月代《さかやき》が伸びていた。

「いけねえや、旦那。すげえ強《つお》そうだ」

「見るんじゃねえって」

「話《なし》なんざつきゃしねえよ。はなっから斬るつもりだ」

「へえ。どんな様子だい」

「ひとりは寒くって慄《ふる》ってる。したっけ、もうひとりは仁王立ちだ」

小兵衛は少し考えるふうをした。

「そうかい。なら、相手はひとりだ」

ひの、ふの、み、と小兵衛は小声で数を算《かぞ》え、新太の背を押して立ち上がった。

新太は一目散に坂を下った。じきに林が切れ、熊笹の藪になった。身を躍らせて転げこみ、息をひそめる。

頭を抱えて蹲《うずくま》りながら、新太は内藤新宿の高札場《こうさつば》の御触書《おふれがき》を思い出した。

昨今諸街道為盗業不逞之輩頻有之付
闇夜暁前之道中各々相可慎之事

このごろ寺子屋の学問が進んで、御触書ぐらいは読めるようになった。街道には追いはぎが出るから、夜は歩くなというお達しだった。さして考えもせずに通り過ぎてしまったが、やはりお上の言うことには順《したが》わねばならないのだと、新太は今さら悔やんだ。

昼九つの遅立ちで牛込《うしごめ》と新宿のお得意先を回り、高井戸の泊りだと小兵衛は言っていたのに、なじみの旅籠《はたご》の応対が気に入らねえと門口で肚《はら》を立てて、布田まで伸すことになった。どうしてあのとき、御触書を思い出して旦那の短気を諌《いさ》めなかったのだろう。

冬枯れた林を抜けて、剣呑《けんのん》なやりとりの声が聴こえてきた。どうやら話はつきそうにない。笹藪にちぢかまって、新太は念仏を唱えた。

そのうち、いちどだけ刃の交わる音がしたかと思うと、あたりはしんと静まった。

「新太ァ、もういいぞ」

小兵衛の声だ。ほっと胸を撫《な》で下ろして、新太は藪から這《は》い出た。およびで坂を登ると、脇差の刃を拭う小兵衛の影が見えた。足元にはかっぱぎの浪人がひとり、尻餅《しりもち》をついている。

「相方《あいかた》は役立たずだなあ。あのざまじゃあ、駕籠《かご》も舁《か》けめえ。おめえも明日からは、ひとりで食うことを考えな」

言いながら小兵衛は、懐《ふところ》から巾着《きんちゃく》を取り出し、浪人の膝に何枚かの紙幣を投げた。

「盗っ人に追い銭、というわけでござるか」

と、浪人は無念そうに小兵衛を見上げる。肩から袈裟《けさ》がけに着物の前が切れていた。

「紙っぺらで有難味《ありがたみ》はねえが、その一枚《めえ》は小判の一両だ。傷も医者にかかるほどじゃあるめえ。これに懲りたら金輪際《こんりんざい》かっぱぎなんぞよしにして、堅気《かたぎ》になりな。御一新から六年もたとうてえのに、後生大事《でえじ》にだんびら提《さ》げて髷《まげ》なんぞ結ってたって、この先いいことなんざひとっつもありゃしねえぞ」

新太はわけがわからずに、二人を見守っていた。小兵衛が剣術を使うなどという話は、番頭たちからも聞いたことはなかった。

浪人は腰を上げて神妙に座り直すと、小兵衛の投げた紙幣を握りしめたまま、さめざめと泣いた。

「拙者《せっしゃ》、もとは御三卿《ごさんきょう》田安家の家人《けにん》でござった。遁走《とんそう》した相方も同輩でござる」

「だからどうだってんだい。もとは徳川の御家人なんてのは、上野の山の野宿《おかん》場《ば》にだって、神田川の橋の下にだってうざうざいらあ」

「もしやそこもとも、もとは武家でござるか」

小兵衛は振り分け荷を首にかけると、面倒くさそうに浪人を振り返った。

「俺かい。俺ァ見ての通りの商人《あきんど》さ。父親《てておや》がいずれ御家人株でも買って侍にしようと、ガキの時分からヤットウの道場に通わせた。無駄な習いごとをしたと思っちゃいたが、かっぱぎに斬られずに済んだんだから、親のいいつけにまちげえはなかったんだなあ」

あばよ、と一声を残して、小兵衛は歩き出した。

浪人は冬の満月が雑木林の影を倒す路上に蹲って、いつまでも頭《こうべ》を垂れていた。

　布田五宿は日本橋から六、七里の甲州道中につらなる五ヶ宿の総称である。

　七つ早立ちの旅人は八里四丁を歩いて五宿を通り越し、府中泊りが常だったが、幕末のころから遊蕩《ゆうとう》をことする飯盛旅籠《めしもりはたご》が栄え始め、「遅立ちの布田泊り」は男旅の楽しみになっていた。

　五宿のとっつきにあたる国領《こくりょう》の宿場町は、夜も遅いというのにたいそうな華やぎである。紅提灯《あかちょうちん》を掲げた旅籠からは飯盛女が走り出て、右に左にと小兵衛の袖を引く。

　そのうち、ひとりの女に目を留めると、小兵衛は新太の肩を引き寄せて言った。

「やい新太。俺ァ今晩この女を買うが、おめえはどうする」

「どうするって、旦那。俺ァまだ子供だよ」

「そうかい。言われてみれァ、たしかにちょいと早《はえ》えな」

　厚化粧の飯盛女は小兵衛の胸にしなだれかかりながら、喧《けたたま》しく笑った。

「何なら、筆おろしをさしてもらっても、よござんすよ」

「いや、やめておこう。こいつの寝間は別にとってくれ。いくら何だって、算《かぞ》えの十じゃ筆おろしはまだ早かろう」

暖簾《のれん》をくぐると、新木もかぐわしい立派な玄関だった。女に足を洗わせながら、小兵衛は梁《はり》を見上げた。

「噂にゃ聞いていたが、てえした造作だな」

「あれお客さん、こちらは初めてなんですか」

「おうよ。八王子までの買い付けなんだが、いつもは府中の泊りだ。番頭どもが、旦那もいっぺん寄ってごらんなっせえとあんまり勧めるもんだから、高井戸の泊りを無理にここまで伸してきたってわけさ」

小兵衛は新太に笑いかけた。ふくよかな顔は、峠での出来事などすっかり忘れているかのようだ。もしかしたらあれは夢だったのかと新太は思った。

女は小兵衛の足を拭うと、新太の前に屈《かが》みこんだ。

「お客さんもご存じでしょうけど、ここいらは新宿と府中の間宿《まじゅく》でね、昔はくすぶってたんですよ。それが、長州征伐の軍用金が足らないから五千両出せって、近在の名主さんが言いつかったの」

「ほう――」と、小兵衛は身を乗り出した。

「御天領の名主にとっちゃ、ええ迷惑だの」

「まあ、話はみなまでお聞きなさんし。さすが御天領を預る名主さんともなりゃおつむがいいんです。五千両をご用立てするのはやぶさかじゃござんせんが、そのかわり、甲州道中じゃあご禁制の飯盛旅籠をお許し願いたいって――落ち目の幕府にしてみりゃあ、背に腹はかえられませんよ。おかげさまで、当の幕府は潰れちまったけど、布田の五宿は明治の今も大繁盛ってわけです」

小兵衛はふいに笑顔をとざして、女郎屋とも見紛う華やかな造作を見渡した。

「あれ、お客さん。何かお気に障るようなこと、言っちまいましたかね」

「いや――鞋を脱いだら、妙にくたびれちまった。すまねえが、ねえさん。きょうは俺が買いっきりってことにして、ゆっくり休んでおくんない」

振り向いて帳場を呼ぶ。女将《おかみ》らしい初老の女が小走りに寄ってきた。

「べつに、このねえさんに粗相《そそう》があったわけじゃあねえんだ。四十ちかくにもなれァ、くたびれたあげくに女を買うってのも、体に良かねえ。上で酎だけしてもらおうかい」

小兵衛は手の切れるような新札を女将に手渡した。飯盛女の一夜の揚代がいくらかは知らないが、たぶん法外な金なのだろう。女将も女も目を丸くした。

「旦那、おいらのことなら――」

と、新太は気を回した。

「そうじゃあねえよ。何で俺がおめえに気遣わにゃならねえんだ。ちょいとくたびれただけさ」

日本橋西河岸町《にしがしちょう》の江戸屋小兵衛は、商い上手だが偏屈者《へんくつもの》だと人は言う。そういう噂は、やっかみにちがいないと聞き流してはいたが、いくらかは当たっているのかもしれないと新太は思った。

「おやおや、坊主刈りの可愛らしい丁稚さん。八王子までお伴《とも》でござんすか」

女将は急な愛想をふりまきながら、新太の顔を覗きこんだ。丁稚と呼ばれるのは好きではない。そうにはちがいないが、よそのお店《たな》の丁稚と一緒くたにして欲しくはなかった。

「丁稚というより、倅《せがれ》みてえなもんさ」

かばうように言って、小兵衛は梯子段《はしごだん》を昇った。

新太が物心ついたのは、江戸屋の女中部屋である。何でも嬰子籠《えじこ》に入って一《いち》石橋《こく》の迷子《まよいご》石の裏に捨ててあったのだそうだ。御一新の年のことだから、算えの四つにはなっていたはずで、だとすると嬰子籠に入ってじっとしていたというのは、少し作り話めいてはいる。しかし、新太にはまったく記憶がなかった。

翌《あく》る年から平松町の寺子屋に通い、お店の手伝いを始めた。そのころには女中部屋から丁稚部屋に移り、齢上《としうえ》の奉公人たちとともに暮らすようになった。

新太に限らず、江戸屋の奉公人には矜持《きょうじ》があった。多くの商家が幕府とともに没落し、あるいは時の流れに翻弄される中にあって、八王子産の反物《たんもの》と横浜の羅紗地を扱う江戸屋は、年ごとに間口を拡げて行った。そして店主の小兵衛は丁稚たちを寺子屋に通わせて、読み書きや算術を習得させた。

だから新太は、丁稚にはちがいないが世間の丁稚と一緒くたにして欲しくはない。「丁稚というより、倅みてえなもんさ」という小兵衛の口癖は、何べん聞いても嬉しかった。

「お客さん、そうはくたびれて見えないんだけど、さては女房に釘さされてきなすったか」

酌をしながら先に酔っ払った女は、小兵衛にまとわりつきながら言う。

「おうよ。実はの、金玉を紙縒《こより》でくくってあるのさ」

女は酒を噴いて笑った。

「そんな紙縒なんざ、また新しいのでくくりゃいいのに」

「冗談だい。俺ァいまだに独り身だ。おいおい、子供の前だぜ。ちっとは遠慮しねえか」

「え、独り身って、そりゃ聞き捨てならないよ。ねえ丁稚さん、本当《まぶ》かい」

飯をかきこみながら、新太は肯《うなず》いた。

小兵衛が四十に近い今まで独り身でいるわけは、誰も知らない。月に二度や三度は番頭たちを従えて吉原にくり出すのだから、女嫌いでないことだけはたしかである。身のまわりの始末は、すべて自分でする。

馴染《なじ》みの客や旦那衆が縁談を持ちかけたことも何度かあったが、答えは決まって「面倒くせえ」の一言だった。

色白で小肥りの役者顔である。そのうえ間口八間、手代三十人という大店の主《あるじ》で、俠気《おとこぎ》はこのうえないのだから、女に嫌われるはずもない。

「若《わけ》え時分に、恋女房を亡くしちまってな」

「へえ。それでいまだに操《みさお》を立てていなさるのかい。作り話にしたって憎らしいわ」

女に肘《ひじ》をつねられて、小兵衛は苦み走った笑い方をした。

嘘にしても、旦那にはよく似合うと新太は思った。

「さあて、明日は早出だ。酒の過ぎねえうちに、ひとっ風呂浴びて寝るとするか。やい新太、いつまで飯食ってやがる。風呂へえるぞ」

「なら、お客さん。あたしはお言葉に甘えて休ましてもらいますけど、もし紙縒をくり直す気になったら、いつでもお声をかけて下さんし」

女はうっとりとした目付きで小兵衛を見つめ、座敷から出て行った。

かしましい飯盛女がいなくなると、座敷が妙に広く感じられた。

「ゆっくり食え、新太」

うって変わったやさしい声音で、小兵衛は言った。

「ああでも言って急《せ》かせにゃ、女はいつまでも帰《けえ》らねえ。こっちがせっかく、たまにァ枕を高くして一人寝をさしてやろうって気を回してるのに」

「あの女、旦那と添寝したかったんだよ」

「ばかくせえ。そんな女郎がいるもんか」

荒れすさんではいるが、笑顔のいい女だった。齢は二十歳《はたち》前だろうか。

「旦那、ほんとにくたびれてるんですか」

「ああ、くたびれたさ。何せ命までは取らずとも、人を叩っ斬ったんだからな。おめえにァわかりもすめえが、切先《きっさき》だけで肋《あばら》の上を縦に斬るてえのは、むずかしいんだぜ」

新太は小兵衛の道中脇差に目を向けた。一尺七、八寸ほどの小脇差である。相手の浪人は長い刀を差していたのだから、小兵衛の腕前はなまじいのものではあるまい。

「おいら、びっくりしちまって。旦那が剣術を使うなんて、知らなかったから」

「そいでずっと、黙りこくっちまってたのか」

小兵衛はからからと笑いながら立ち上がった。手拭を首にかけ、新太の坊主頭を撫でる。

「誰にも言うんじゃあねえぞ。剣術なんてのは、今の世の中じゃ糞の役にもたちゃしねえんだ。そのうちじきに、刀なんざ持っちゃならねえってお触れも出るさ」

東京の市中には断髪も増え、洋服姿も珍しくはなくなったが、相も変らぬ二本差の侍は数多い。

「おいらも、剣術が強《つお》くなりてえな」

とたんに小兵衛は、新太の頭にごつんと拳をくれた。

「つまらねえことを言うな。さ、風呂に行くぜ」

煙出しにまんまるの月が懸かっている。

昼まで熱い湯に浸りながら、新太は生れて初めての旅の一日を思い返していた。楽しみにはしていたが、旅とは何と難儀《なんぎ》なものなのだろうと、しみじみ思う。

「しかし何だな。幕府が潰れちまっても、長州征伐のおかげで布田の五宿は大繁盛だってかい。それを聞いたとたん、何だかこう、どっと疲れが出ちまった――おい新太。おめえ、のぼせねえのかい。こっちが茹《う》だっちまう」

小兵衛は唸《うな》り声を上げて湯から上がった。

「おいら、長湯なんです。湯屋《ゆうや》に行っても一等遅くって、番頭さんからいつも叱られる」

「どうせ終《しま》い湯だからあわてることはねえさ。ゆっくり温まれ」

洗い場に胡座《あぐら》をかいた小兵衛の背を、月明りが照らし出していた。

お店の奉公人たちは店じまいをしてから湯屋に行くが、旦那だけは朝湯に通う。小兵衛の裸を見るのは初めてだった。

吹き入る夜風が湯煙を払いのけたとたん、新太は目を瞠《みは》った。ざぶざぶと顔を洗い、もういちど小兵衛の背を見た。

「旦那――」

醜い傷痕をみっしりと背負った体だった。

「何でぇ。びっくりしたのかい。こんなものは珍しくもあんめぇ。湯屋に行きゃあ、いくらだって拝めるだろう」

たしかに湯屋では、古傷を負った侍を見かけることはあるが、小兵衛の背中のようにずたずたに歪んだ体など見たためしはない。

「自慢話のひとつもしてやりてぇが、あいにく思い出しても反吐《へど》が出る。ま、なまじ剣術なんざ使うと、こんな苦労も背負《しょ》わにゃならねぇってことさ。これも言いっこなしだぜ。わざわざ近所の爺いどもと朝風呂に入《へ》えってる甲斐もなくなる」

へい、とだけ答えて、新太は湯から上がった。糠袋《ぬかぶくろ》を握って小兵衛の後ろに立つと、わけもなく悲しい気持ちになった。

「旦那、お背中《せな》流さしてもらいます」

「よせやい」と、小兵衛は遁《のが》れるように身をよじった。

一石橋の迷子石の裏で自分を見つけた旦那は、この傷だらけの背中にしょって、お店に連れ戻ってくれたのだろう。捨てた親の顔は忘れても、この背中の温もりは思い出したかった。

「ああ、人に背中を流さしたのは何年ぶりだろう。薄気味悪かねえかい」

答えが見つからず、糠袋に力をこめながら新太はかぶりを振った。

「俺にもそういうやくざな時代《じでえ》があったってことさ」

旅とは何と難儀なものなのだろう。かっぱぎに遭って、女郎屋のような旅籠に泊って、おまけに旦那の苦労まで覗いてしまった。

「どうしておいらをお伴になすったんですか。みんな行きたがってたのに」

「何でえ、もう音《ね》を上げたんか」

「そうじゃねえけど、何だかおっかねえや」

ざぶりと湯をかぶると、小兵衛はやおら尻を回して振り返った。きつい三白眼が新太を睨《にら》み据える。

「おめえを伴にしたのにァ、のっぴきならねえわけがあるのさ。このさきどんなおっかねえ思いをしたって、泣いたり喚《わめ》いたりするんじゃあねえぞ。いいな、新太」

翌《あく》る朝は、はずんだ祝儀の分だけ豪勢な飯をふるまわれた。

おまけに、すっかり酒が抜けて堅気になった女が、かいがいしく宿場はずれまで二人を見送ってくれた。

「おかげさんで、ほんとの飯盛女にされちまいましたよ」

「いくら繁盛してるからって、たまにァゆっくり休まねえと、体に毒だぜ。いらぬ節介《せっかい》か」

やさしい言葉をかけられて、女は涙ぐんだ。

「お帰りにも、お寄りになって下さいな」

「また飯盛女にしちまうぜ」

「鯔背《いなせ》なお人――」

「髷も落としちまったんじゃあ、鯔背もあるめえ」

あばよ、と女の肩を突き放して、小兵衛は二日目の甲州道中に踏み出した。

「待ってますよォ」

小兵衛は振り向きもせずに、手甲《てっこう》を嵌《は》めた片手を挙げた。

愛想のない主人のかわりに、新太は両手を振った。柳の枯枝の下で、女は素足の下駄を爪先立てていた。

「やめとけ、新太」

小兵衛の声には叱るような険があった。

「つれねえよ、旦那。あの女、旦那に一目惚れだ」

「生意気を言いやがる」

しばらく歩いてから、小兵衛は思いがけぬことを言った。

「おめえにァわかりもするめえがの──あの女は、武家の娘だ」

まるで宿場から逃れるように、小兵衛の歩みは速くなった。

「どんなに身を落としたって、ガキの時分に教えこまれた行儀《ぎょうぎ》の良さは隠せやしねえ」

寒い朝である。枯田には真白な霜が降りていた。

「お侍の娘が、何だって飯盛女なんぞに」

「そのお侍が食うに困ってかっぱぎせえやらかす時代《じでえ》さ。何のふしぎもあるめえ」

新太は切ない気持ちになった。難しいことはわからないが、世の中は変わっていくのではなく、毀《こわ》れていくのだと思った。

侍が追いはぎになり、その娘たちが宿場の飯盛女に身を落とす。御一新の正体とはそういうものなのだろうか。

「公方様が江戸を売って駿府《すんぷ》に落ち、八百万石も七十万石に削《へ》ずられりゃあ、御直参《じきさん》はみな食いつめさ。二年や三年は家財道具を叩き売ってつないでも、明治も六年となりゃあ何も残るめえ。しめえにゃ娘も売るってかい。洒落《しゃれ》じゃあねえが、まったくもって世も末だな。もっとも、旗本八万騎が戦らしい戦もしねえで降参したんだから、身から出た錆《さび》にァちげえねえけどよ」

いくらも歩かぬうちに下布田《しもふだ》の宿場に入った。間口が狭く奥行の深い、短冊地割りの軒《のき》が三町ばかり続くと、またじきに枯田の道中になった。

上石原《かみいしわら》までの布田五宿を、小兵衛は息も入れずロもきかず、不機嫌そうに歩いた。

府中の宿場に入ったのは午前《ひるまえ》である。

馬場大門の欅《けやき》並木を通り越し、立派な商家や旅籠が軒を並べる町なかをしばらく行くと、往来も賑々《にぎにぎ》しい辻《つじ》に出た。

甲州道中に川崎街道と相州街道、北への川越街道が合わさる札《ふだ》の辻である。問屋場《といやば》に並んだ飯屋の暖簾をくぐる。宿継《しゅくつ》ぎの人足たちが昼飯の真最中だ。冬だというのにどれも赤銅色《あかがね》の肩を剝き出して、どんぶり飯をかきこんでいる。味噌樽《みそだる》に腰を下ろすと、注文もせぬうちに飯と汁が運ばれてきた。

「大《てえ》した繁盛だな」

小兵衛があたりを見渡しながら言った。

「へえ。御天領の天の字が、天朝様の天に変わったと思ったら、ここいらも急に威勢がよくなりましてね。有難いことで」

いかにも景気のよさそうな婆あは、言いながら沢庵《たくあん》を山盛りにした皿を二人の前に置いた。

「香香《こうこ》まで食い放題《ほうでえ》たァ、豪気なもんだの」

「いえね、御公儀の御朱印がなくなっちまったもんで、宿継ぎの伝馬《てんま》にァたんまりと銭が入るんです。年貢だって無体な取り立てはしませんしね。お客さん、どちらまで行きなさる」

「八王子の横山までさ」

「ああ、反物の買い付けだね。だったら帰りの荷は、ここの問屋場で東京までお継《つな》ぎよ」

東京という言葉に、小兵衛は顔をしかめた。薩長《さっちょう》のやつらが勝手に江戸の呼び名を変えやがった、というのは小兵衛の口癖だ。

「言われなくたって、伝馬は八王子、日野、府中の順と決まってらあ」

「そうじゃないのよォ、お客さん。そんなお上のお定めごとは、このごろどうでもよくなっちまってね。ここの伝馬は人足も馬もいいから、道中の宿継ぎなんて面倒なことはせずに、東京のお店《たな》まで一日で運んじまうのさ」

宿場ごとに荷を積みかえて江戸まで送るのは、甲州道中に限らず荷送りの定めであり、誰もがおろそかにはしない習いでもあった。

「ほう。そいつァ便利なこった。だがよ、何でもかんでも変わっちまって、俺みてえな天保頭《てんぽうあたま》にゃ、とてもついて行けねえ」

「何言ってんの、若いくせに」

婆あは小兵衛の背を親しげに叩いて去っていった。

飯を食う人足たちは、みな髷を切り落としている。どれも不細工な坊主刈だが、力仕事にはよほど面倒がないのだろう。

「なに、威勢のいいのも今のうちさ。そのうち陸蒸気《おかじょうき》でも走りゃあ、こいつらみんなおまんまの食い上げだ」

小兵衛は新太の耳元で、いたずらっぽく囁いた。

「ありゃあ」と、暖簾ごしに素頓狂《すっとんきょう》な声がしたかと思うと、洋服に山高帽を冠った紳士が小兵衛の前に立った。

「もしや、三浦様では。ああ、やっぱりそうだ。柏屋でございますよ。ほれ、いつぞや御陣屋《ごじんや》にお使いいただいた」

小兵衛は紳士をちらりと見上げたなり、沢庵を奥歯でかじった。

「はて、お人ちがいでござんしょう。何々様と呼ばれるほどのたいそうな身分じゃあござんせんが」

紳士は小首をかしげて、しげしげと小兵衛を見つめた。

「人ちがい、ですかね。いやはや、これは失敬いたしました。わたくしはその六所宮《ろくしょのみや》の向かいで、柏屋という旅籠を営んでおる者なのですが、旧知のお武家様とあまりに良く似てらっしゃるもので。いや、失敬、失敬」

山高帽を片手で持ち上げて軽く会釈をすると、紳士は暖簾を分けて出て行ってしまった。あたりに喧噪《けんそう》が甦った。

「何が失敬、失敬だ。気障《きざ》な物言いをしやがって。近ごろじゃあ金持ちはどいつもこいつも、みんな官員の真似をしやがる」

小兵衛は食い残した飯の脇に銭を投げ置いて立ち上がった。

「ぼちぼち行ってるぜ。追っかけてこい」


札の辻の先は静かな寺町だった。

明治の御一新で割を食ったのは、幕府の御家人と御用の札差《ふださし》、それに寺の坊主だという話だ。

天朝様の御宗旨は神様なので、お賽銭《さいせん》を取り上げられて潰れた寺がたくさんあるのだと、物知りの番頭が言っていた。

道中のところどころで見かけた荒れ寺は、その類いなのだろうか。だが、寺がなくなれば葬式に困るだろうと新太は思う。お宮にお墓や念仏は似合わない。

寺町の途切れるあたりで、ようやく小兵衛に追いついた。

「あわてるこたァねえ。きょうは日野の泊りだ」

府中から日野宿までは、わずかに二里八丁の道のりである。

「え、日野の泊りですかい。まだ日は高えし、八王子まで伸しましょうよ」

「いや、ちょいと寄り道をしていく」

初めての旅が楽しみで、新太はお伴と決まってからの毎夜、帳場の道中絵図をあかず眺めて過ごした。甲州道中は頭に刻みこんである。

小兵衛の旅程は、まるでわざと宿場をずらしているような気がする。

ふつうの商人旅なら、七つ早立ちでその日の泊りは府中である。だが、昼九つの遅立ちのうえに高井戸には泊らず、夜道を国領まで伸した。しかも翌る日は日野でもう一泊だという。甲州道中の間宿ばかりを選んで泊ることになる。

新太はふと、小兵衛が昨夜国領の宿場の風呂で口にした、謎めいた言葉を思い出した。

(おめえを伴にしたのにァ、のっぴきならねえわけがあるのさ。このさきどんなおっかねえ思いをしたって、泣いたり喚いたりするんじゃあねえぞ)

気を引き締めるよう、叱咤《しった》されたのだと思っていたが、どうもそうではないらしい。やはりこの道中には、何かのっぴきならぬわけがあるように思える。

新太はみちみち思いついたなりを訊ねた。

「ねえ旦那。ひとつだけお訊きしてえんだけど」

「何でえ改って」

「甲州道中の出っ端《ではな》は日本橋ですよね」

「当たり前《めえ》だ。五街道の出っ端はどれも日本橋と決まってらあ」

「したっけ、おいら――」

小兵衛の横顔をきっかりと見据え、新太は思い切って言った。

「この甲州道中が、何だか一石橋の迷子石から始まってるみてえな気がしてならねえんです」

小兵衛は足を止めた。推し量るような目つきで、じっと新太を見つめる。

「生意気もそこまで言えりゃあ、びっくりして返《けえ》す言葉もねえ」

新太の勘は当たった。番頭手代をさしおいて、旦那が役立たずの丁稚を伴に選んだのには、やはりのっぴきならぬわけがあるのだ。

多摩川の土橋を渡るころ、山なみにみるみる厚い雲が湧いて陽《ひ》を翳《かげ》らせた。対岸の日野宿は巻き上がる砂埃《すなぼこり》の中にあった。何か人知を超えた凶々《まがまが》しいものが、行手を拒んでいるように思えた。

本街道を南に折れ、黄色い風に逆らって半里も歩くと、衝立《ついたて》のように山を背負った浅川の堤に出た。

暇な渡し守に駄賃をはずみ、川を渡る。

「高幡《たかはた》のお不動様にお参りかね」

いや、と小兵衛は向かい風に目を細めた。

「奥山の椿寺まで」

「へえ、さいですか。そういやァ、椿もそろそろ見ごろで」

枯田から湧き上がる砂煙が、打ち寄せる波のように対岸の景色を染めていた。縞模様の風の合間に、高幡不動の立派な伽藍《がらん》が見えた。

「せっかくだから、丈六のお不動様にもお参りなさいまし」

「いんや、用はねえさ。あいにく神仏の御加護を恃《たの》むほど、けっこうな商いはしちゃいねえ」

小兵衛はいったいどこへ行くつもりなのだろう。高幡の岸に上がると、いったんはお不動様に詣でると見えたが、中途で冬枯れた雑木の山道へと歩みこんでいく。

行先を訊ねる気にもなれず、新太は黙って小兵衛の後を追った。

山道はお不動様の伽藍を巻くような登りになった。

「やあ、たしかに見ごろだ」

小兵衛の声にふと見上げると、いつの間にか赤い花を散らした椿の森だった。樹の丈《たけ》が高すぎて、新太の目には満開の花が目に入らなかったのだ。

椿が大木になることを、新太は知らなかった。

「椿は葉が繁ってお天道様を遮《さえぎ》っちまうから、大きく育てるもんじゃあねえんだ。それに――」

急な石段を昇りながら、小兵衛は足元に散り落ちた大輪の花を拾った。

「潔く散らずに、咲いたまんまぽとりと落ちる。まるで生きながら首が落ちるみてえだから、侍はこいつを忌み嫌ったのさ」

石段の頂きに、小体《こてい》な茅葺《かやぶ》きの山門があった。くぐった先は一面の椿の庭だった。みっしりと土を被う苔《こけ》の上のそこかしこに、真紅の花が散り敷いていた。

「ほんとだ。生首がいっぺえ転がってる」

「いやなことを言っちまったな。ま、聞かずに眺めりゃあ、風流なもんさ」

庭の奥に、寺と呼ぶにはあまりにささやかな庵《いおり》があった。椿の厚い葉に被われているせいで、あたりはたそがれのように暗い。

寺男らしい老人が、小兵衛を認めると挨拶もせずに庵の奥へと駆けこんでいった。

「旦那。何だかおいら、夢でも見てるみてえだ」

菅笠《すげがさ》を解きながら小兵衛は言う。

「夢なら夢でいいさ」

寺男はじきに戻ってきた。敷台から裸足で飛び降りると、小兵衛の足元に土下座をする。

「庵主様はただいまお勤めで、お上がりになってお待ち下っせえ」

小兵衛は少し考えてから、玄関先に立つひときわ大きな椿を指さした。

「おう、新太。俺ァ庵主様に話がある。おめえはそこの木の下で待ってな」

それはふしぎな大樹だった。

葉と花の重みで、枝が地を這うほど垂れ下がっており、かき分けて中に入ると雨風も凌《しの》げるほどのほの暗い広間になっていた。

新太は苔の上に腰をおろして、大樹の幹に背をもたせた。寺男のくれた飴玉をねぶりながら、膝を抱えて木々の戦《そよ》ぎに耳を澄ませた。

垂れこめる椿の枝のすきまから、読経の声が微かに聴こえていた。

頭上を仰ぎ見る。厚い葉が高く広い天蓋になっていて、空は見えない。

「寒くはねえですかい」

振り返ると、地を這う帳《とばり》の向こうに寺男が蹲っていた。

「汗をかいたから、気持ちがいい」

寺男は首に回した手拭で、しきりに顔を拭っている。咽《のど》を詰まらせながら、嗄《しわが》れた声が呟いた。

「三浦様は、ご立派です」

新太はぎくりと背を起こした。

「天下の御旗本が、よくも肚をくくって商人《あきんど》におなりなすった」

知らぬふりをしていなければならないと新太は思った。

「旦那は、昔のことなんざ忘れちまってます」

水を誘うつもりで言うと、寺男の声がすぐに戻ってきた。

「忘れてやしませんよ。実は甲州勝沼の戦で、あっしァ若さんのお父上様の御馬口を取らせていただいたんです。お父上様のご奮戦ぶりもさることながら、あの戦での三浦様のお働きといったら――もし勝ち戦だったんなら、一番手柄にちげえなかった」

聞きながら、新太の体は慄え出した。寺男は新太が出自のすべてを知っていると思いこんでいる。

「そんな三浦様が肚をおくくりになったんだ。若さんも、世が世ならなんぞと考えずに、いい商人におなりなせえましょ」

若さん、とは自分のことなのだろうか。

「旦那は、手柄話なんざ一ッ言も口にしないんです。教《おせ》えて下さいな」

しきりに瞼《まぶた》を拭いながら、老いた寺男は語り始めた。

「若さんのお父上様が勝沼の戦で討死なすったあと、三浦様は上野のお山にお入りになったんです。公方様はとっとと水戸にお下りになって、御家人衆はみな戦もせずに降参しちまった。それでも三浦様は、四百石取りの面目にかけて戦をお続けになった。五月十五日の総攻めで膾《なます》みてえに切り刻まれ、担ぎこまれた御先手組《おさきてぐみ》の長屋で息を吹き返したときにァ、無念じゃ無念じゃと、声を上げてお泣きになったそうです」

慄える体をおのれの手で抱きしめ、新太は天蓋の椿を見上げた。

「新太郎様――」

自分の名前だ。答えられずに唇を噛むと、満天の赤い花が涙でにじんだ。

「三浦様は傷の癒えぬお体を曳きずって、深川の御屋敷を訪ねて下すったんですよ。すんでのところで、お母上様は新太郎様を道連れにご自害なされるところでした。三浦様はお父上様の幼なじみ、若さんはご存じねえでしょうが、輿入《こしい》れ前のお母上様とは浅からぬご因縁もあったそうで、とうてい他人とは思えなかったんでござんしょう――おっと、こいつァ言わでものことまで」

やはり自分は、一石橋の迷子石の裏に捨てられていたのではなかったのだ。

新太はかじかんだ掌で頭を抱えた。何も思い出せない。何ひとつ覚えてはいない。

「お母上様の手から若さんを奪い取って、それほど死にたくばおひとりで死になさい、と怒鳴った三浦様のお顔は、今も忘られやしません。血の涙を流していなすった」

「血の涙、ですか」

「さいです。そんなもの、あるはずはねえと思うでしょうが、あっしはこの目でしかと見ました。男ってえのは、耐えるだけ耐えたそのしめえにァ、真赤な血の涙を流すものなんです」

庵の玄関に人の気配がした。寺男は顔を拭って立ち上がった。

下駄の音が近付いてくると、新太は膝の間に頭を抱えこんで、眠ったふりをした。

「手前どもの丁稚でござんす。一言お声をかけてやっておくんなせえ」

いくらか芝居がかった小兵衛の声が聴こえた。椿の帳を押し開けて新太の前に立ったのは、小さな尼僧だった。数珠をからげた白い掌を合わせて、尼僧は新太を見つめた。

「おやおや、旅の疲れでお休みでしたかえ」

せめて武家言葉を覚えていたのなら、「母上」と口にすることができるだろうにと新太は思った。幼い日の記憶も、侍の言葉も習いも、すべて時代の生垣の向こう側に捨ててきてしまった。そうせねば、たぶん生きることができなかった。

母は白い指先を伸べて、新太の頰を拭ってくれた。もしやその指先が赤く染まっていはしないかと、新太は目を瞠った。

どうやら男の苦労とは、こんなものではないらしい。

「おいら、一所懸命やるから。心配《しんぺぇ》しねえでくれろ」

抱き止めようとする母の手をすり抜けて、新太は椿の枝間から走り出た。

多摩の冬景色を四角く切り取った山門で、小兵衛は待っていた。

「どうした、新太」

「どうもこうもあるけえ。こんな山ん中でぐずぐずしてたら、またかっぱぎに遭っちまわあ」

小兵衛の腕を掴んで、新太は一目散に石段を駆けおりた。

母はきっと、椿の森に佇んで見送っているのだろう。けっして振り返らぬ小兵衛のように、日野の宿場までまっつぐに歩いて行こうと新太は思った。

いつしか風は已《や》み、西陽があかあかと行手の山道を照らしていた。

椿の森が雑木林に変わるあたりで、新太は足元に落ちた大輪の花を、そっと懐に入れた。

箱館証文

銀座通りには赤煉瓦《れんが》造りの二層の高楼が、陸続巍峨《りくぞくぎが》として秋空に聳《そび》えている。道路に敷き詰められた甃《いし》の青さと煉瓦の赭《あか》さの対比は、見る者をしばし異国の街衢《がいく》に踏み惑わせる。

人力車の幌を上げたまましばらく行くうちに、官員たる自分がかくも馴染《なじ》めぬ風景を、はたして東京の市民たちが歓迎しているのだろうかと、大河内厚《おおこうちあつし》は思った。

折しも名物のガス灯がともり始める時刻である。尻端折《しりはしょ》りの点灯夫が脚立《きゃたつ》を掛けるガス灯の下には、通行人たちが輪を作って鰯《いわし》のような顔を仰向けていた。

「もうよい。帰宅する」

車夫は意外そうに少し振り向いたが、すぐに通りを左に折れて、番町の邸へと俥《くるま》を急いだ。

大蔵省出仕から工部少輔《しょうゆう》に転じたのはむろん賀するべき栄転にはちがいないのだが、大河内は内心、いやな職を与えられたものだと思っている。めまぐるしく洋化する世の中について行けない。新国家建設に身を捧げる気概は誰にも負けぬつもりだが、体が時代を拒否していた。

三十なかばの壮年に至った自分が、こんなことでは仕方あるまいと思い悩んでいる。先年の廃刀令に奮激して、一斉に下野したいわゆる不平士族たちの気持ちが、大河内には痛いほどわかっていた。彼らに同調して官を辞し、郷里に戻ったほうが心の収まりはよかっただろうと、今も思う。

「ときに、おぬしの相方《あいかた》は何をしておる」

大河内は車夫の背に向かって訊ねた。

「へい。同《おな》し稼業でござんす。駕籠《かご》舁きの背負《しょ》い棒が、梶棒に変わっただけのこって」

「さようか。それは何よりだ。手間賃も二人で分けるよりは、一人のほうがよいな」

「痛み入りやす。ましてや官員様のお抱え車夫なら、食いっぱぐれもござんせん」

「おぬしらは、運がよいな。新時代の恩恵を蒙《こうむ》っておる者は、そうはおるまい」

「頭を使わずに体ばかりを張ってる者の、役得ってえやつでござんす――ところで旦那様、市内のご視察とやらは、よろしいんですかい」

「それは、もうよい。きょうはひどく疲れた」

市中の視察にこと寄せて早々に役所を引きあげたのには、口にできぬ理由があった。

上司たる工部大輔の歓迎会、それはまあよい。着任に際しての儀式である集合写真に収まりたくなかった。儀式がいやなのではなく、写真に撮られるのがたまらなくいやなのだ。おのれの現《うつ》し身がありのままに印画されるなど、薄気味悪くてならない。即座に魂を抜き取られることはないにせよ、くり返すうちにはたぶん健康を害し、寿命を縮める結果になるであろう。

で、日本橋や京橋界隈《かいわい》の住民とかねてより約束があると偽って、祝杯をあげたなり役所を退散してしまった。

どうしても時代に馴染めぬ。身なりひとつにしたところで、立派な官員髯《ひげ》を生やしているのは、髷《まげ》を落としたときに心細くなったからだ。ステッキを持つのは、刀の代用である。けっしてすき好んで時代を受容しているわけではなかった。

大河内厚はそういう自分に、足場のない空宙を浮遊するような心許なさを、いつも感じていた。

「あすは日曜でござんす。ごゆるりとお休みになって下さいまし」

「ああ。おぬしもな。来週はまたあれやこれやと忙しい」

週に一度、きちんと休みを取ることのできる西洋流の役所勤めは有難いが、そもそも一週間という暦《こよみ》の単位にも、いまだに体が応じない。

昏《く》れかかる濠を見やりながら、大河内は誰にも零《こぼ》すことのできぬ愚痴《ぐち》を溜息にした。

突然の来訪者が麹町《こうじまち》一番町の官舎の門前に立ったのは、あくる日曜日の午《ひる》下《さが》りである。

着流しで居間にくつろいでいるところに書生が名刺を持ってやってきて、大河内はとりあえず窮屈な洋服に着替えた。「官員ハ凡《およ》ソ家族郎党以外ノ他人ト接スルニ於テハ、宜《よろ》シク洋装ニテ威儀ヲ正ス」べきだからである。

「はて、聞き覚えのない名前だな。徳島の者か」

郷友の倅《せがれ》である書生は首をかしげて答えた。

「訛《なま》りから察しまするに、そうではございますまい。おそらくは奥羽《おうう》出身かと」

名刺には「警視局東京警視本署警部渡辺一郎」とある。聞き覚えがないというより、ありきたりすぎて記憶にとどまらぬ名前、というような気がした。むろん、警察から咎《とが》めを受けるいわれはない。

「齢《とし》は四十ばかりで、なかなか貫禄のある大男でございます」

「用件は」

「御前《ごぜん》にお会いすればわかる、としか申しません。因縁浅からぬ者だが、断じて怨恨の類いではない、ご安心めされよ、と笑っておりました」

警察官であれば士族にちがいないし、四十がらみの警部という立場も、まずは安心できる。忘れかけた旧知であろうと、大河内は不安を感じるよりむしろ胸をときめかせた。

「いちおうサーベルは預りましょうか」

「いや、それには及ぶまい。応接間に通せ」

ネクタイを締め、髪を五分わけに撫《な》でつけ、自慢の頬髯を整えてから、大河内は悠然と応接間に向かった。邸には寝室に使用している座敷が一間あるきりで、その他の造作は徹底的な西洋風である。硝子《ガラス》張りの廊下から望む庭の景色も、味気ない芝生の先は四季咲きの薔薇垣《ばらがき》で、とうてい鑑賞に堪える代物ではなかった。しかし官舎であるから、勝手に改造するわけにもいかず、第一このところ西洋人になるために痛ましいほどの努力をしている妻が、承知するはずもなかった。

「お待たせいたしました――」

応接間に入ったなり、ソファから立ち上がった来訪者と対峙《たいじ》して大河内は息を詰めた。この顔は、たしかに見覚えがある。

「突然ご無礼つかまつります。さぞ愕《おどろ》かれましたでしょう」

陽に灼《や》けてたくましい面構《つらがま》えである。帽子を卓の上に置き、サーベルを椅子の袖に立てかけて、男はさも懐しげに笑い続けていた。

「本日は非番なのですが、他に外出着を持ち合わせぬゆえ、このようななりで参上つかまつりました。大河内殿には、その後お変りなく」

思い出せぬ。どうしても、このたしかに見知った顔の正体が思い当たらぬ。女中が紅茶とロシアケーキを置いて去る間、大河内は懸命に笑顔を繕いながら思い悩んでいた。

はたして女中が去ると、二人は同時に相を改めた。

「ようやく思い出されたようですな」

「いかにも。姓名は改められたのですか」と、大河内は手にした名刺を卓上に置いた。

「珍しいことではありますまい。御一新前《ぜん》と同じ姓名を名乗る者のほうが、ずっと少いのではありますまいか。そういう貴公も名を変えられておられる。戊《ぼ》辰《しん》の戦の折にはたしか、大河内伊三郎殿、と」

「貴公は、何と申されたか――」

「思い起こして下され、大河内殿。かりそめにも命の恩人ですぞ」

男は二度と笑わなかった。まるで問い詰めるように、鋭い眼光が炯々《けいけい》と大河内を見据える。

「思い出せぬ。誰であるかはわかったが、姓名までは」

「では、来意はおわかりか」

「旧知を訪ねられただけのことではないのか。それとも何か格別のご用事でも」

話しながらしきりに喉が渇いて、大河内は紅茶をすすりこんだ。実のところ、来意はわかっていた。

「名も思い出せず、来意もわからぬとあらば、これをご覧に入れよう。証拠物件を開陳するなど、職業がら本意ではないが」

男は制服の懐《ふところ》から油紙にくるんだ書類を取り出し、卓上に展《ひろ》げた。

一尺ばかり無造作にちぎった巻紙に、走り書いてある筆跡は大河内の手にちがいなかった。

一筆差入候
本日只今蝦夷《えぞ》地二股口附近ニ而《て》尋常之立合致候処
拙者敗候而一命貴殿ニ御預致候
随而《ついて》ハ後日　本証文ト引替　一金壱阡両之命代御支払致候
武士之二言無之《これなく》　万端必御約定致候
明治二年己巳《きし》四月十一日
徳島藩　大河内伊三郎
中野伝兵衛殿

男は涼やかな目で大河内を見つめながら、奥羽訛りの残る武家言葉で言った。

「久し振りでござった、大河内殿。旧会津藩士、中野伝兵衛でござる。戦後は箱館にて謹慎ののち、ご赦免《しゃめん》となって東京警視庁に奉職致し申した。恩讐《おんしゅう》を忘れて新国家の建設に尽力して参ったが、このところ家人の病、娘の嫁入りなどなど、何かと物入り多く、思い立って罷《まか》り越《こ》した次第でござる。何とぞ、ご配慮下されよ」

物言いは丁重だが、伝兵衛はけっして頭を下げなかった。これは掛け取りなのだから、こちらが頼む筋合ではない、とでも言いたげである。

大河内に憤《いきどお》りはなかった。わずか八年前の出来事とはいえ、世の中が余りにめまぐるしく変容したせいか、まるで前世の記憶のような気がする。なぜか過ぎにし武士の時代を懐しむ気持ちのほうが先に立った。

「誤解なきように言うておく。そこもとを強請《ゆす》るつもりなど毛頭ござらん。これは正当なる掛け取りでござる」

大河内にも、これを強請《ゆすり》だと言下にはねつける自信はなかった。証文を読み返すほどに、遥かな戦の記憶がありありと喚起された。

江差《えさし》北方の乙部《おとべ》に上陸した政府軍の第一陣は箱館に向けて進撃を開始したが、途中二股口において土方歳三率いる五稜郭《ごりょうかく》軍の激しい抵抗に遭い、激戦となった。

朝靄《あさもや》の深くたちこめる森の中であった。斥候に出た大河内は敵の先鋒と遭遇した。接戦の末に生き残った二人は、組み合ったまま勾配を転げ落ちた。馬乗りに組み伏せられて、脇差《わきざし》を咽元《のどもと》に当てられたとき、伝兵衛は思いもかけぬことを言ったのだ。

　そこもとの命、千両で売らぬか、と。

「しかし、千両とはいささか大金ですな」

　と、大河内は紅茶を勧めながら言った。

「いや、さほど深く思料することでもございますまい。さる明治四年の新貨条例によれば、一両は一円に換算されたのでござるから、千円、ということで」

「簡単におっしゃるが、中野さん――」

　紅茶をすすりかけて、伝兵衛はおそろしげな渋声をさらに低めた。

「渡辺、とお呼び下され。中野伝兵衛などという侍の名はとうに捨て申した」

「これは失敬。では渡辺警部、と言いかえましょう。ときに、千両だの千円だのと簡単におっしゃるが、手前の給金がどれほどかはご存じかな」

「いや」

「ならばこの際だからはっきりと申し上げましょう。わたくしの俸給は月額百円なのです」

「ほう……それは結構な実入りでござるな。拙者は十円でござるよ」

「話はよくお聞き下さい。たしかに百円は結構なお手当てだが、工部少輔などという役職を賜われば、何かと出費もかさむのです」

「警部という役職でも、それなりの出費はかさみますぞ」

「いや、問題はですな、政府の欧化政策というやつです。官吏と名がつけば、衣食住をすべて洋化せねばならない。これにはたいそうな金がかかりまして、俸給どころか徳島の兄や家人の実家に、しばしば出世払いの借金をするというていたらくでして」

それは事実である。千円のまとまった金など、少くとも清廉な大河内にとっては、考えも及ばぬ大金だった。

「よもや、ここまで待ったお命代まで出世払いにせよと申すわけではござりますまいな」

「そうは言いませぬ、しかし――」

「ない袖は振れぬ、か」

伝兵衛はサーベルを引き寄せ、卓の上にぐいと身を乗り出した。剣術など御一新の戦からこの方、すっかり忘れ去っている。しかしその間にも伝兵衛は警察官として日々精進していたのだろうと思えば、大河内の背筋は凍えついた。

「一度は箱館にて捨てた命じゃ。そこもとと違うて、この先の光明もない。払えぬと申されるのならば、拙者にも考えはある」

「待て、中野殿」

「何度も言わせるな、渡辺じゃ」

「わかった、わかったから刀を引け。払わぬとは言わぬ。しかしきょうのきょうなどとご無体を申されるな」

「そうは言うてはおらぬ。しからば、いつ」

「一週間の猶予《ゆうよ》を下され」

一週間、と口に出したとき、大河内は唇が寒くなった。その暦はいまだに釈然とせぬ。仕事の便宜上しばしば口にするが、実はその長さがどれほどのものであるか、体の中に物差しがなかった。

「――一週間、か」

伝兵衛もとまどった。二人はしばらくの間、ロシアケーキをぼろぼろとこぼち散らしてかじりながら、一週間という時間について考えこんだ。

「あいや、わかった。要は次の日曜日じゃな」

この言い方も、要を得ているようでやはり寒々しい。

「耳を揃えて、とは言いきれませぬが、ともかくも貴公の納得のゆくようにいたしましょう」

「ふむ。腹黒い官員どもの多い中で、そこもとはなかなかの律義者よのう。いや、無理を言うて相すまぬ。ではきょうのところはこれにて」

大河内は手を打って人を呼んだ。妻と書生が来ると、伝兵衛は和やかに相を改めて、戊辰の戦友だと自己紹介をした。

そしていかにも、ともに矢弾の下をかいくぐった旧知の友のように、磊落《らいらく》な笑いを残して邸を去って行った。


あくる日、つまりいまだに馴染めぬ新時代の月曜日、大河内厚は役所を休んで師の家を訪れた。

牛込払方町《うしごめはらいかたまち》に剣術の道場を営む山野方斎《ほうさい》は、かつて尊皇攘夷《じょうい》の志士であり、大河内が文武を学んだ師である。けっして口外できぬ椿事《ちんじ》の相談相手は、方斎をおいて他にいなかった。

　五十を少し出たばかりだというのに、まるで古稀《こき》を過ぎた翁《おきな》のように老けこんでしまった師は、ひとけのない道場に気の早い火鉢を据えて、大河内の話に耳を傾けてくれた。

「金なら、ない」

　切なげに息をついて、方斎は言った。

「いや、先生。そういうことではございません。払うべきか払わざるべきか、払わぬのであればどのようにその者を納得させたらよいか、知恵をお貸し下さい」

　時代が変わって、剣術を学ぶ若者など絶えてしまったのだろう。蔀戸《しとみど》を開けた格子窓には蜘蛛《くも》の巣がかかっている。枯枝に烏《からす》が止まって、熟《う》れた渋柿をついばんでいた。

「箱館にて、そのようなことがあったのか。おぬしも苦労をしたな」

「口がさけても他言できぬ恥ですが。よもや掛け取りがこようとは」

「証文を書く者も恥じゃが、書かせる者も恥じゃよ。しからば訴訟にもなりはすまい」

「しかし、つきまとわれても困ります。何とか納得をさせねば」

「さよう。納得をさせねばならぬ。先方も警視局出仕という立場があるのじゃから、よほど思いあぐねた上での決心じゃろう。なまなかのことでは引っこみがつかぬ。おたがい口外もできず訴訟もできず、さりとて引っこみがつかぬとなれば――」

「――と、なれば」

「まあ、解決の方策はただひとつ。刃傷沙汰《にんじょうざた》じゃな」

「何とも乱暴な」

「かつて武士であった者ならば、肚《はら》をくくって掛け取りに向かったからには体面にこだわる。おぬしに対しても、おのれ自身に対してもじゃ。だとすると、いわゆる戊辰の恨みにことかりておぬしを斬り、おのれも腹を切るかお縄につくしか方法はあるまい。箱館まで戦い抜いた侍ならば、そのくらいの肚はくくっておるよ」

大河内は古武士然としながらもどこか切羽つまったような、中野伝兵衛の表情をありありと思い出した。たしかに肚はくっていると思う。

「それにしても、その伝兵衛という男、武士の風上にも置けぬ情けない輩《やから》じゃな」

すでに世を捨てている方斎には、そうとしか思えぬのだろう。しかし大河内は、なぜか伝兵衛を憎むことができなかった。

「いささか気が引けるが、値切るというのもひとつの手じゃろう」

「値切る、ですか。おのれのお命代を値切るというのは、どうも」

「なに、向こうもそのくらいの肚積《はらづも》りでおるよ。かけひきはさぞ難しかろうがの」

「しかし先生、恥ずかしながら拙宅には、千円どころか十円の余裕もありません。さきほども家人に、夜会服を誂《あつら》えねばならぬと泣かれました」

維新で潤ったのは、ほんのひとつまみの藩閥政治家だけである。最も割を食ったのは実は旧幕府の御家人や反政府の諸藩ではなく、半端な賞典禄をもらって政府の下級官吏に留め置かれている、自分のような立場ではなかろうかと思う。薄給のまま官員として見栄を張らねばならぬ身は、たしかにつらい。

何を考えているのか、方斎はまるで呆《ほう》けたように、ぼんやりと道場の板壁を見つめている。

「中野伝兵衛……伝兵衛……やや、伊三郎。もしやすると、うまく運ぶやも知れぬ。少々待たれよ」

方斎はかつての剣客らしからぬ猫背を丸めて奥にさがると、やがて一抱えの古手紙を持って道場に戻ってきた。

「この暮には始末してしまおうと思うておった。けっして他人に見せてはならぬものじゃが、事情が事情じゃ、致し方あるまい——おお、やはりそうじゃ。どうも聞き覚えのある名だと思うた」

差し出された一通の書状を開いて、大河内は驚愕《きょうがく》した。

証文一筆差入申候　拙者

白河城下黒川之戦陣ニ而《て》貴殿ニ命売渡候

随而《ついて》ハ後日　本証文ト引替　一金壱阡両　御支払致候

御約定二言無之《これなく》　恐惶謹言

慶応四年五月一日
会津藩士　中野伝兵衛
山野新十郎殿

「いやはや、奇縁じゃ。この証文と引き替えに、万事解決ということじゃな。なあに、わしは何も要《い》らぬよ。この暮には焚いてしまおうと思うておった証文じゃ」

方斎は磊落に笑い、やがて過ぎにし戦を思い返すように、切なげな息をついた。

天地の万物は木火土金水《もくかどごんすい》の五行で生成されている。

これに日と月を加え、西洋暦の七曜に当てるという考えは、少なくとも英語やフランス語を強要されるよりもましではあろう。

しかし、火水木金土という配列はどうとも納得できぬ。木は火を作り、火は土となり、土は金を製し、やがて金は水となる。万物はこの五行の流れによって生成されるのであるから、木火土金水を火水木金土と並べかえれば、世界は毀《こわ》れてしまう。しかも五行の正しい読みからすると、「きんようび」は「こんようび」でなければならぬ。

いや、それはともかくとしても、なにゆえ暦を七曜に区切らねばならぬのかという大もとが、工部少輔大河内厚にはまったくわからなかった。

西洋科学の識者に訊ねてみたい。しかし高等官員として国家の西洋化を推進している立場ではそうした質問もままならず、うやむやのうちに維新以来の日々は過ぎていた。

ともあれ、そのようなことを鬱々《うつうつ》と思いめぐらしながら、大河内と山野方斎がお命代の清算に出かけたのは「翌週の日曜」であった。

箱館戦争で大河内が命を売り渡した旧会津藩士中野伝兵衛――今は渡辺一郎と変名して警視局に奉職している男の家は、四谷塩町《しおちょう》の官舎だという。払方町の方斎の道場からはさほど遠くはないし、途中に坂も多いので歩いて行こうということになり、二人は向こう土手に桜の葉が赤く色付いた外濠の道を、てくてくと歩きはじめたのだった。

「市谷《いちがや》の桜御門も、四谷御門も、いつの間にか取り壊されてしもうたな。いずれ牛込の楓《かえでの》御門がなくなれば、江戸城の北の備えは丸裸じゃ」

すっかり老けこんだ方斎の物言いは、冗談には聞こえなかった。往年の月代《さかやき》の形に禿げ上がった散切頭《ざんぎりあたま》は、残る後ろ髪もほとんど白く、いかにも没落士族の哀愁を漂わせている。

「いずれこの向こう土手に沿って鉄道を敷設するという、高遠なる計画もありまして」

「ほう、さようか。古きものを壊して新しきものを作るという策は、人間ばかりではなく物でも同じということじゃな。まだまだ用は足りるであろうに、勿《もっ》体《たい》ないとは思わぬのか」

「何ぶん政府の実権は藩閥が握っておりますので、私のごとき小役人ではどうとも」

「御一新の戦で新政府のお役に立ったのは、何もやつらばかりではあるまい。その小役人の貴公も、破れ道場主のわしも、ともに命をかけたではないか」

俥を雇わずに歩いて行こうと言った方斎は、みちみちこういう意見をしたかったのだろうと大河内は思った。しかし語り口には意見というほどの力がなく、話すほどに切なげな愚痴《ぐち》になった。

「まあ、先方も警視局警部という立場であるし、めったなことはせんと思うがの。念のため仕込は携えてきた」

歩きながら方斎は漆塗《うるしぬり》のステッキの鯉口《こいぐち》をわずかに切って、柳刃のように細い本身を見せた。大河内のステッキもやはり仕込杖になっていることを、方斎は知っているのだろう。廃刀令以来、仕込杖を持つことは士族の暗い嗜《たしな》みになっている。むろん武士の魂を捨てがたいという思いもあるが、怨恨と不満が渦巻く東京では、いつなんどき災厄がふりかかるかは知れない。

かつて幕府の御先手組《おさきてぐみ》の家が犇《ひし》めいていた大木戸に向かう広小路の左右は、そのたたずまいのまま役人の官舎となっている。追いたてられた御家人たちはどこへ行ってしまったのだろうと思えば、変らぬ風景がひどく荒寥《こうりょう》として見えた。

人に尋ねながら入り組んだ塩町の路地をさまよううちに、欅《けやき》の古木が葉を赤らめてのしかかる一軒の家に行き当たった。目隠しの板塀が金木犀《きんもくせい》の茂るにまかせて撓《たわ》みかかる、貧しげな家である。

門口にはなかなか能筆の表札に並べて、異姓の蒲鉾板が掲げてあった。

「どう思われますか」

「ふむ。ご内儀の母親と見た」

「なるほど。律義者のようですな」

おそらく中《あた》りであろう。妻の老母を養うというのは珍しい話ではないが、異姓の表札を門口に並べるとは、いかにも律義者である。

ごめん、と声をかけると、まるで待ち受けていたかのように引戸が開き、年なりに居ずまいのよい家人が顔を覗かせた。

「ようこそおこし下さいました。むさくるしうございますが、どうぞお上がり下さいまし」

町長屋でもいくらかはましであろうと思えるほどの狭い土間に靴を脱ぐ。家人はいかにも武家の妻らしく、上がりかまちに指を揃えて客を迎えるしぐさが垢抜《あかぬ》けていた。

「お待ち申しておりましたぞ。ささ、こちらへ」

と、野太い声が奥の座敷から聞こえた。上がってみれば、表も奥もない家である。路地の板塀に沿った細廊下に座敷が二つ並んでいるきりで、つき当たりに厠《かわや》の戸があり、その前で置物のような老婆が居眠りをしていた。陽向《ひなた》はすでに膝前を外れている。

「おい、婆様を座敷に入れよ。風邪をひかせるぞ」

火鉢の火を吹きながら伝兵衛が命ずると、家人は黒子のように客の脇をすり抜けて、老婆を扶《たす》け起こした。

手前の座敷では妙齢の娘と、稚児輪《ちごわ》を結った妹が、並んで頭を下げていた。貧しいが躾《しつけ》のよい武家の娘というふうである。

「奥方も会津のご出身か」

大河内は老母を支えてかしこまる家人に訊ねた。「はい、さようでございます」という答えのほかに、余分な言葉はなかった。家人も目覚めた老婆も、娘たちと頭をつき合わせるようにして客の足元に手を差し置いた。

「かような女腹の血筋にて、お恥しい限りでございます」

老母は俯《うつむ》いたまま、誰に言うともなく詫《わ》びた。

大河内は平静を繕わねばならなかった。老母の物言いの意味深さに気付いたからであった。「女腹の血筋」とは敗者の矜持《きょうじ》なのではあるまいか。夫も息子たちもみな戦に斃《たお》れ、嫁した娘の家に孤独な身を寄せているのではなかろうか。この母も、妻も娘らも、会津の戦を生き延びた。そして主人の伝兵衛は箱館までも戦い抜き、家族のもとへと戻ったことになる。とにもかくにもこうして落ち着くまでの一家の風雪は想像を超えていた。

方斎の横顔も、少なからず動揺していた。

「おや、お連れの方がおいでか」

火鉢から顔を起こして、伝兵衛は訝《いぶか》しげに言った。

「いかにも」と、意を決したふうに振り返り、方斎は大河内より先に奥の座敷に入ると、これ見よがしにステッキを携えたまま、火鉢の向こう前に座った。

「しかし、ただの連れではない。久しぶりじゃな、中野伝兵衛殿」

とたんに伝兵衛は、絶句して腰を浮かせた。方斎が話を急《せ》かしたのは、家族の耳にことの顚末《てんまつ》を知られたくはなかったからであろう。いきなり懐から古証文を抜き出すと、青ざめる伝兵衛の鼻先につきつけた。

「わしと大河内とは親子も同然の間柄ゆえ、これで貴公も文句はあるまい。了簡《りょうけん》なされよ」

大河内は廊下に佇《たたず》んだまま、二人の様子を窺《うかが》っていた。

「了簡できぬ、と言えば」

「できぬ理由はあるまい」

しばらく唇を噛みしめてから、伝兵衛は武張った肩の力を抜いた。

「了簡するだけのご猶予を下されよ、山野殿。ご返事は日を改めて」

「猶予とはいかほどか」

伝兵衛は悲しげな目を大河内に向けた。

「さよう——何ぶん大河内殿も拙者も宮仕えゆえ、次の日曜まで」

再び一週間という不確かな時間を考えるほどに、大河内は砂を呑みこんだような気分になった。

新しく着任した工部大輔は若い長州人で、何でも御一新のころには欧州に留学していたという話である。

下にまつろう者として、その赫々《かっかく》たる経歴に異存はない。しかし大河内にしてみれば、あの骨肉相食《あいは》む戊辰の戦を知らずに、その経歴だけで新政府の高官に列する彼が、労せずして据え膳を食っているような気がしてならなかった。長い外国生活のせいで、工部大輔の言葉はなかばが英語である。母国語を忘れているはずはないのだが、まるで人間の使う正しい言語はこれだといわんばかりに、やたらと横文字を並べる。ために官員たちはみな、字引を持ち歩かなければならぬはめになった。

彼の口癖は「グロオバル」である。富国強兵の国策と同時に、世の中のあらゆる体裁を世界的標準に変革せしめねばならぬ、と言う。

いったん開国をなした以上は、その指向が国家と国民の宿命であることはわかる。それはわかるのだけれど、旧なるもののすべてを破壊して新しきものをめざすことが、必ずしも正しい道であるとは思えぬ。だがその思うところを口にする勇気を、官員たちは誰も持たなかった。

たとえば、江戸城を取り巻く御門が次々と壊されてゆく。無用の長物であることにはちがいないが、そのさまはいかにも武士の世を片端から崩してゆくように見えて、たまらぬ思いがする。
大河内が馘《くび》を覚悟の異論を唱えたのは、月曜日の会議の席上であった。
「閣下の仰せられるところの、グロオバルについては十分に理解いたしており
ます。しかし、かよう性急に旧物の破壊をいたしますれば、廃刀令以来の不平
士族の心情に油を注ぐことになり申す。せめて鉄道敷設の計画に時期を合わせ、
やむなく取り壊すのだというふうにせねば、長らく風景に慣れ親しんだ東京市
民も了簡いたしますまい。いかがでござりましょうや」
新任の工部大輔に対する、初めての反論であった。会議は一瞬、水を打った
ように静まったが、やがて上座に居並ぶ薩長の高官たちの間から失笑が洩れた。
「要は、楓《かえでの》御門の命乞いでござるな」
大河内に格別の他意はなかった。外濠の門は下手から順に壊されて行き、飯
田橋の内にある牛込御門が、次の取り壊し計画にかかっていた。
次席の高官が工部大輔に耳打ちをした。
「なるほど。牛込御門は貴公の旧主が建てたゲエトであるか。気持ちはわから
んでもないがの、そのように小さなナショナリズムにとらわれてはならぬぞ。

貴公はすでに徳島藩士ではない。蜂須賀侯の御家来ではない。日本国の官員であることを忘れてはならぬ。スィットダウン・プリーズ」

いや、と大河内は卓にしがみつくようにして背を伸ばした。

「そは誤解にござりまする。楓御門は宮城を囲む御門の中でも、とりわけ美しいものであることは衆目の一致するところでござりましょう。みなさまご存じの通り阿波《あわ》徳島藩は、かの蜂須賀小六様を藩祖とする戦国以来の大名家にござりまする。すなわち遠い昔、築城術の粋を凝らして造営されました牛込御門は、その石垣が攻め手の指もかからぬほど精緻に組み上げられており、機能のすぐれたものは同時に美しき姿であるという、武家文化の精神を今日に伝えるものでござりまする。旧来の陋習《ろうしゅう》をくつがえすは新国家建設の要諦ではござりまするが、はたして旧来のものがすべて陋《いや》しいとは申せますまい。いずれ鉄道敷設の障害となるのであれば、取り除かれることも致しかたござりませぬ。しかしその工事が五年先、十年先になるのなら、せめて名にし負う楓御門の景観を、五年の秋、十年の秋とお残し下されませ。断じて、蜂須賀の命乞いではござりませぬ。これは——」

咽元につき上がる思いを胸にとどめて、大河内はかつて武家という名の同輩であった官員たちの顔を、ひとつずつ見渡した。

「これは、武士の命乞いにござりまする。われらの命乞いにござりまする。どうか帝都を貫いて武蔵野まで鉄道の敷かれるその日まで、御門をおとどめおき下されし」


一週間が過ぎた。

土曜の朝に、公用の伝令だという若い巡査が役所を訪れて、「渡辺一郎警部」からの書状を置いていった。

おのおの家族の手前もあるゆえ柳橋《やなぎばし》の船宿にてお会いしたい、という旨の内容が、白河の戦場で書いた証文とたしかに同じ能筆で認《したた》めてあった。

日ごと秋は深まっていた。一週間のうちに市谷土手の桜はすっかり葉を落とし、大河内が命を救った牛込御門の楓も、その古き俗称のごとくに、燃え立つほどの紅《くれない》に染まった。

抱えの俥に加えて、もう一台の俥を仕立て、大河内と山野方斎は柳橋へと向かった。

秋の船宿とはいかにも怪しげな密会の場所だが、なぜか身の危険を感じなかったのは、伝兵衛の律義な暮らしぶりを覗いたせいであろう。

俥に揺られながら、大河内は過ぎにし戦を思い出していた。

朝靄のたちこめる蝦夷の森の中で組み伏せられ、咽元に刃を当てられたとき、中野伝兵衛は観念した大河内に言ったのだ。

そこもとの命、千両で売らぬか、と。

追いつめられた旧幕府軍の残党が、そんな証文を取ったところで仕方あるまい。生きて新時代を迎えようなどとは、よもや考えてはいなかったはずだからである。おそらく伝兵衛の頭の中には、白河の戦で自分が山野新十郎という侍に書いた借用証文が、こびりついていたにちがいない。死ぬと決まった命でも、いや死ぬと決まった命だからこそ、敵兵の誰かから同じ証文を取っておかねばならぬと考えたのであろう。借金を抱えたまま死するという恥辱を、律義者の伝兵衛は死するそのことよりも怖れたのだ。

それほどの侍が、古証文を携えて訪ねてきた背景には、相当の事情があるのだと思う。少くとも思いついた強請などではあるまい。維新の労苦を共にしてきた義母を、医者に診せなければならぬのだろうか。あるいは娘の祝言の日が迫っているのであろうか。

そうこう考えこみつつ柳橋の船宿に着いたころ、大河内はすっかり暗澹《あんたん》となっていた。

滑り止めの薦《こも》を敷いた掛板を登り、川面に張り出した座敷に上がる。

襖を開けたとたん、大河内は身構えた。四畳半の座敷には制服姿の伝兵衛に並んで、素人《かたぎ》には見えぬ着流しの男が、火鉢に手を焙《あぶ》ったまま上目づかいに大河内を睨《にら》み上げたのである。坊主刈にいくらか白いものの混じる、やくざにしてもたいそうな貫禄の男だった。

「おめえさんに用はねえ。おせっかいの相棒はどこだ」

仕込杖を左腰に引き寄せて、方斎は大河内を押しのけた。

「警察官がやくざ者を雇うとは許しがたいの。伝兵衛殿、これが貴公の了簡というわけか」

やくざ者は鼻で嗤《わら》った。

「中野の旦那よォ。俺も御一新のこのかた、行き場を失ってたいがい呆《ぼ》けちまったが、どうやらこの老いぼれほどじゃあねえらしい」

火鉢で灰をかきながら、男は額に向こう傷のある怖ろしげな顔を方斎に向けた。

「やい、阿波の侍。俺ァたしかにやくざ者にはちげえねえが、この向こう傷はやくざの喧嘩《けんか》で蒙ったものじゃねえぞ。まあ座れ。つっ立ったまんまじゃあ、続く話も始まんねえ。座れったら座らねえかい。揃いも揃って仕込なんぞ抱えやがって。こちとらやくざ稼業に身を落としたって、まだまだてめえらの刀の錆になるほど腕はなまっちゃあいねえ」

大河内は肚をくって座ったが、方斎は立ちすくんだままだった。

「山野新十郎さんよ。ようやっとこの面《つら》を思い出してくれたようだの」

男は方斎から目を離さずに、袷《あわせ》の袂から紙入れを抜き出した。大河内はわが目を疑った。爪先の綻《ほころ》びた方斎の足袋に並べてずいと押し出された書き付けは、黒々と乾いた血文字だった。

御命代証文差入申候
慶応四年正月四日於下鳥羽淀川堤
一命貴殿ニ御預致候
随而《ついて》ハ此御恩夢夢疎略ニ致不候《そうらわず》　後日
一金　壱阡両
御届申候　本証文正真違無之《しょうしんたがいこれなく》
阿波徳島藩　山野新十郎
京都御見廻組　小池与右衛門殿

「まあ座れ」と、かつて小池与右衛門と呼ばれた男は、太息とともに上目づかいを伏せた。

「幕府直参の次男坊が、腕に覚えのあるばかりに見廻組を仰せつかり、京に上ったのが運のつきさ。それでも葵御紋の威勢がいいうちにァ、倒幕の不逞浪士とやらを斬って斬って斬りまくった。世の中ひっくり返らなけりゃ《けえ》、こちとらがお抱え侍の官員様でえ」

　大河内の身なりをしげしげと見つめる与右衛門の目は悲しかった。けっして恨みがましくはない。嫉《ねた》み妬《そね》みもない。ひたすら悲しげに寒々しい袷の襟をかき合わせて、与右衛門は三人の顔を等しく見較べた。

「のう、新十郎。俺ァあの鳥羽伏見の戦場で、本心《まぶ》におめえさんの命を買ったわけじゃあねえ。それァ、わかるよな」

「ああ」と、方斎は老いたうなじを垂れて声にならぬ返事をした。

「あの時ァ、おたげえずたずたの手負いで、剣術もへったくれもあるもんか。若え分だけいくらか力の残った俺が、ようようおめえを組み伏せた。こう、刀をおめえの咽に当ててへし切ろうとしたときよ、俺ァふいにばかばかしくなったのさ。なんでえ、同《おん》なし国の人間じゃあねえか、ってな。で、情けをかけられたとあっちゃあ、おめえも後生《ごしょう》が悪かろうから、思いついて借金証文を書かせたてえわけだ。どうでえ妙案だったろうがい」

　火鉢を囲んでしばらく黙りこくるうちに、彼らがそれぞれの戦場で同じ証文を書きつ書かせつしたときの心情が大河内にはすべてわかってしまった。とたんに胸苦しくなって、大河内は狭い四畳半の壁際までにじりさがると、額を畳にすりつけた。

心を声にすることは難しかった。小雪降る淀堤で、若葉なす白河の戦場で、そして蝦夷地二股口の最後の決戦場で、彼らは祖国の大地を血まみれで転げ回りながら叫んだのだ。

「そこもとの命、千両で売らぬか」と。いや、正しくはこう言ったはずだった。

「われらの命、この国に捧げぬか」と。

大川に群れる水鳥の羽音に肩を揺すられて、大河内はようやく泣き濡れた顔をもたげた。

「申しわけございません。私ひとり新時代の官位を賜りながら、いたずらに破壊のみ行《おこの》う洋化政策に与《くみ》するばかりで、何ひとつとして正しき政《まつりごと》をなしえませぬ。証文を書く暇《いとま》もなく戦場に斃《たお》れた同胞《はらから》の無念を、今の今まで、ついぞ忘れており申した」

返す言葉のかわりに小池与右衛門は腕組みを解いて、血文字の鳥羽証文を火鉢の熾《おき》に焼《く》べた。その炎が消えぬ間に、山野新十郎は白河の証文を炎に重ね、中野伝兵衛も制服の袖をたくし上げて、大河内伊三郎の書いた箱館証文を焼いた。

「とんだ護摩壇《ごまだん》ですな」

伝兵衛が武張った顔をほころばせて呟いた。

ほろ酔い気分で紅葉狩りの小舟を雇い、柳橋から神田川を溯《さかのぼ》ったのは座興ではなかった。

恩讐を忘れて過ぎにし日々を語り合ううちに、大河内は非力ながらもささやかな仕事の成果を、彼らに示したいと切実に思ったのだった。

小舟は抱え徳利の酒盛りを続ける男たちを乗せて、夕まぐれの神田川を上った。柳橋を出るとじき上《かみ》の浅草橋は、人の往来こそ多いがどこか間が抜けている。かつて西の袂に威容を誇った渡櫓《わたりやぐら》の浅草御門は、土台の石組ばかりを夕空に晒《さら》していた。

柳原通に沿ってさらに上ると、緩やかな橋桁《はしげた》に擬宝珠《ぎぼし》を飾った優雅な橋は昔のままだが、筋違《すじかい》橋御門はやはり跡かたもなく取り壊されていた。

昌平橋《しょうへい》からは左右の土手が谷《きわ》まって御茶の水の深い谷間を進む。神田上水の懸樋《かけひ》を潜って水道橋のあたりまできたころ、小池与右衛門がふと盃を止めて土手を見上げた。

「俺の家は、ちょうどここいらにあってな。講武所の脇の、稲荷小路てえ旗本屋敷の並ぶあたりでよ。もっとも、今じゃ枯芒《かれすすき》の原っぱになっちまっているが」

答えあぐねて人々が盃を勧めるうちに、小舟はやはり瓦礫《がれき》の山になった小石川御門を左手に見やりながら、流れの淀んだ濠へと舳先《へさき》を進めて行った。

西空が一気に豁《ひら》けた。茜雲《あかねぐも》を纏《まと》った牛込御門が、緑青《ろくしょう》の甍《いらか》に金色《こんじき》の鯱《しゃち》を輝かせて聳《そそ》り立っていた。

おおと感嘆の声をあげ、男たちは眉庇《まびさし》をかかげて壮麗な渡櫓を仰ぎ見た。

神楽坂からまっすぐ駆け上がるように突き出た石垣に雑草は萌えているが、渡り九間の木橋も、その橋台から流れ落ちる小滝も、男たちの記憶に残るあの日のままであった。

「楓の御門じゃ――」

忘れかけていた武家言葉で、与右衛門は言った。

「阿波の小役人にできることといえば、せいぜいこれくらいなのです。作ることも大切だが、守ることも大事だと、ようよう上司を説得いたしました。及ばずながら、これにて了簡ください」

「よし、了簡した」

酒に赤らんだ顔を楓の照りに染めて、中野伝兵衛は肯いてくれた。

遠い昔、幕府の命により蜂須賀侯が築いた石塁には、わずかの歪みもなかった。土手は曠《あ》れているが、その姿は威《たけ》く、正しかった。右折れの枡形を鎧《よろ》うように茂る楓の巨木は、炎《ほむら》のような紅《くれない》の色である。

いずれ鉄道が敷かれるとなれば、飯田橋の名のみ残して消え去るさだめであろうが、そのときはまた小役人の矜《ほこ》りにかけて抗《あらが》ってみようと大河内は思った。

老いた瞳を潤ませて方斎が言った。

「そのうち手前の道場にて、ヤットウでもいかがかな。いまだ物好きな弟子も何人かは通って参りますし、御一新の武勇伝も聞かせてやってほしいものだ。そうじゃ、この次の日曜にでも」

苦笑する人々を乗せて、小舟は濠の淀みを静かにめぐった。

楓の赤がまばゆい。入陽《いりひ》は戦場を染めて沈む、箱館の夕景を思い起こさせた。

いっこうに馴染めぬ時代を、とにもかくにも了簡して生きねばなるまい。いや、真心が伝えてきた命の証文を、最後に書いてしまった自分は、了簡するだけではいけないのだと大河内は思った。

そうだ。もし次の日曜日に集うことができたなら、帰りしなに九段の写真館に立ち寄って、奇妙な縁《えにし》に結ばれた四人《よったり》の写真を撮るとしよう。

御命証文三通。御命代しめて三千両。それだけのことをした男たちならば、よもや尻ごみはするまい。

焼き上がった写真を想像して、大河内はひとりほくそ笑んだ。

西を向く侍

成瀬勘十郎《かんじゅうろう》は算《かぞ》え齢《どし》三十歳、七十俵五人扶持の御徒士《おかち》の身分ながら、世が世であれば必ずや出役《しゅつやく》出世を果たすにちがいない異能の俊才であった。

しかし、世が世ではなくなったのだから仕方がない。

子供の時分から神童と噂され、長じては和算術と暦法とを修めた。十八で家督を相続すると、たちまち幕府の天文方から声がかかり、出役が決まった。

元来将軍家お成りの際などに随従警護の任にあたる御徒士が、学問を修めて出世をするとは文武の鑑《かがみ》であると、組仲間は称賛の声を惜しまなかった。本家筋にあたる旗本成瀬家から、御徒士の分限《ぶげん》に余る嫁御《よめご》も貰うことができた。勘十郎の前途は洋々たるものであった。

しかし、世が世ではなくなったのだから身も蓋《ふた》もない。

御一新の後、旧幕府の御家人たちが選ぶ道には三通りがあった。

その一は無禄《むろく》を覚悟で将軍家とともに駿河《するが》へと移り住むことであり、その二は武士を捨て農商に帰することであり、その三は新政府に出仕する道であった。

この際むろん、第三の身の振り方が最も割のいい話である。禄高《ろくだか》は従来取りきたるまま、住地家作も原則として従前のままという願ってもない雇用条件が、旧幕府の要人たちの骨折りで実現されていた。ただし、門戸はきわめて狭い。

暦法の専門家として幕府の天文方に出役していた成瀬勘十郎は、いずれその職能をもって新政府に出仕することになっている。つまり現在の立場は失職ではなく、待命《たいめい》であった。すでに文部省天文局に勤務しているかつての上司の計《はか》らいで、この五年の間、旧禄の十分の一というわずかながらの給与も貰っている。

それにしても、五年の待命は長すぎる。とうてい養いきれぬ妻子は、実家の采地《さいち》の厄介《やっかい》になっている。牛込矢来町《うしごめやらいちょう》の屋敷を上地《じょうち》された旗本成瀬家は、重代の領地である甲州に引き揚げていた。

義兄からはしばしば手紙が届く。それも初めのうちは、妻子の身の上など案ずるなという頼りがいのある書面であったが、このごろでは身の振り方を督促する内容に変わっている。禄も家屋敷も召し上げられて、かつての領地に帰農した旗本の暮らしが楽であろうはずはなかった。

便りが届くたびに、律義者の勘十郎はかなた西方の甲州に向いて端座《たんざ》し、毎度同じ文面の返事を認《したた》める。

「文部省天文局出仕之件、未《いまだ》格別之御沙汰無之《これなく》、相不変《あいかわらず》待命仕《つかまつり》居《おり》候《そうろう》。依《よっ》而《て》今暫《しばらく》御猶予被下度《くだされたく》、拙者妻子之事御願上奉候――」

まこと足下に地なく、頭上に天なきがごとき宙ぶらりんの日々が続いていた。

「おはようござりまする、勘十殿」

雨戸ごしの老婆の声に、勘十郎は目覚めた。枕元を手探りして眼鏡をかける。子供のころからの勤勉がたたって、一間先も見えぬほどのひどい近目《ちかめ》である。

戸のすきまからさし入る一条を頼りに座敷を這《は》い、廊下に立って寝巻の前を斉《ととの》える。

「もし、勘十殿。はや五つにもなり申すぞ。いかがなされた」

「はいはい、ただいま」

雨戸を開けると、老婆は胸を撫《な》でおろして勘十郎を見上げた。

「ああ、ほっとした。明け六つには起き出して掃除を始めるそなたが、五つになっても音沙汰ないゆえ、とうとう世を果無《はかな》んで腹でも召されたかと」

「たわごとをおっしゃるな。夜なべで来年の節気を算じており申した。ほれ、このように」

と、勘十郎は長廊下の雨戸を押し開いた。座敷の文机《ふづくえ》の周りには、算暦に必要な書物が山積みである。

「来年の暦ならすでに出ておろうが」

「いや、その暦を読みましたるところ甚《はなは》だ誤りが多く、かくなる上は待命中とは申せ、それがしが算じ直すほかはあるまいと」

「何と、天朝様の暦がまちごうておるのか」

「いかにも。来たる明治六年は閏《うるう》六月がござるゆえ、一年は十三ヶ月、三百八十四日になり申す。算暦はきわめて難しうございます」

老婆は縁先に腰をあずけ、すっかり葉の落ちた柿の木を見上げた。

「そなたのような才を、御一新から五年も野に放ち置くとは、天朝様もいったい何をお考えやら」

「暦を正しく算じおえましたなら、文部省にかけあいまする。この始末を見れば、いつまでも待命としておくわけには参りますまい」

「それはよい。これでそなたもようやく出役が叶うわけじゃな。ところで――」

老婆は後ろを向いたまま、懐《ふところ》から紙入れを抜き出した。

「盆に払わねばならぬ家賃じゃが、遅ればせながら駿府《すんぷ》より届いた。お納め下され。相身たがいの情に甘え、まこと申しわけない」

家賃の遅れをよほど恥じているのであろう、老婆はいかにも武家の女らしく背筋を伸ばし、首だけをかすかに俯《うつむ》けた。

「お婆様《ばば》――」

この金を受け取るわけにはいかない。しかし理由を述べることは難しかった。

お婆はもともと隣屋敷の隠居であった。一家はこの春に駿河へと移ったのだが、お婆は屋敷を終《つい》の棲《すみか》と言い張って譲らず、ひとり居残ることになった。

ところが、老婆ひとりが住まうその屋敷が、あろうことか情容赦《なさけようしゃ》もなく上地にかかったのである。まったくふいに役人がやってきて、薩摩訛《さつまなま》りの通告文を勝手に読み上げ、古い御徒士屋敷を跡方もなく壊してしまった。「当主不在につき」というのが、上地の理由であった。

まさか幼いころから親しんだ隣家の婆様を路頭に迷わすわけにもいかぬから、とりあえず勘十郎は自分の屋敷の離れにお婆を住まわせることにした。駿府の家族に事情を伝えると、家賃は送るから宜しく頼むという返事がきた。

下谷《したや》の御徒士屋敷は百坪ほどの広さがあるので、どの家も門のきわに離れをこしらえて、医者や職人の親方などに貸していた。賃料の相場は年間四両で、これを盆と暮の二度に分けて二両ずつ徴収する。薄給の御徒士にとっては貴重な収入であった。

「のう、お婆様。駿府の御家人たちは無禄と聞いておるが――」

「余計なことをお言いではない。お納め下され」

おそらくお婆は、着物か家財でも売りはたいてこの金を作ったのだろう。

「受け取るわけには参りませぬ」

「お納め下され」

紙入れを押し引きするうちに、お婆の背中から力が脱けた。そしてやおら袖をからげると、唸《うな》るように泣き始めたのだった。こうなると慰めの言葉はまして難しい。

「御家人らしく駿府にお伴したみなさまの屋敷が取り壊され、薩長の禄を食《は》もうとどまっておるそれがしの屋敷は、当主がおるというだけで壊されずにすんでおります。このうえ家賃など、頂戴できるはずはありますまい」

正直のところ、金は咽《のど》から手が出るほど欲しい。甲州の妻子にも多少の仕送りはせねばならず、蔵前《くらまえ》の札差《ふださし》には親の代からの借金が積もり重なっている。宙ぶらりんのうえに、八方塞《ふさ》がりである。

「文部省出仕が決まれば、それがしも晴れて官員様でござる。その暁《あかつき》には実の親だと思うて、孝行の真似事でもさせていただきます。何を家賃などと水臭い」

泣き崩れるお婆を扶《たす》け起こして、勘十郎は冬枯れた庭におりた。上野の山から吹きおろす凩《こがらし》に身をすくませる。

明治五年　壬申《みずのえさる》十一月九日。立冬はすでに過ぎた。そろそろ年越しの算段をせねばなるまい。売り食いの家財も尽きたことであるし、何とか政府発行の暦の誤りを種にして、出仕に漕ぎつけねばならぬ。その折にはいくばくかの仕度金を下げ渡していただき、髷《まげ》も落として洋服を誂《あつら》えるとしよう。

科学者たる成瀬勘十郎にとって、武士の身なりにさほどのこだわりはなかった。


同じ十一月九日の朝五つ。浅草御蔵前天王町《てんのうちょう》の近江屋奥帳場では、勢揃いした番頭たちがかしこまって、主人の話に耳を傾けていた。

近江屋喜兵衛《きへえ》は蔵前に四代続いた札差である。間口十間、使用人も五十人は下らない。

札差は旗本御家人の禄米を換金する商売であるから、明治の御一新とともに多くが没落してしまったが、機を見るのに敏《さと》い四代目喜兵衛はたちまち新政府の御用を請け負って、旧に変わらぬ身代を保っている。

去年の五月に公布された新貨条例は、近江屋に思いもかけぬ新たな利益をもたらしていた。混沌と流通している旧貨と太政官札と新貨とを用途に応じて両替し、新政府の官員や旧幕臣に、どさくさまぎれの法外な利息で金を貸す。商いの中味は札差両替の昔とほとんど同じなのだが、米を扱わずにすむだけ手間もかからない。

主人の喜兵衛は三十なかば、十人ばかりの番頭が奥帳場に揃うと、いかにも切れ者という感じの白面をいささかも動《ゆる》がさずに言った。

「きょうはちょいとびっくりするような指図をするが、おつむを澄まして、よおく聞いておくれ」

番頭たちは、「へい」と声を揃える。主人の身なりは洋服に断髪だが、古い番頭たちはみな髷を結っている。

火鉢に指先を焙《あぶ》ったまま、喜兵衛は末席にちんまりと座る弥助《やすけ》を見た。

「おや、弥助は髷を落としたのか。よしよし、そういう心掛けならば、約束通りにあたしの洋服を一着おろしてやろう。あとで奥においで」

番頭たちは振り向いて笑う。思い切って髷を落としたはよいものの、月代《さかやき》が生え揃っていないものだから、獄門首のような顔である。

「へい。ゆんべようやく肚《はら》をくくらせていただきました。様《さま》になりますまで、外回りはどうか堪忍して下さいまし」

若い番頭の何人かは、すでに主人と同じ洋服断髪である。髷を落とした者には洋服の一揃いと革靴がいただけるという約束だった。

「ま、そりゃあともかくとして――」

喜兵衛は手文庫から何やら紙綴《つづり》を取り出すと、いきなり妙なことを言った。

「きのう、役所からお達しがあった。明治五年は十二月二日が大晦日で、あくる日が明治六年の元旦です。すなわち、お店《たな》決算は師走《しわす》の二日に済ませるから、お客さんの掛け取りも急ぐようにな」

一座にはとまどいもどよめきもなかった。番頭たちはみなぼんやりと喜兵衛の顔を見つめていた。

主人の「びっくりするような指図」は珍しくはないが、よく考えればなるほどと了簡《りょうけん》のゆくことばかりである。だが、今年の大晦日が十二月二日だという謎の宣告には、商い慣れした番頭たちもさすがに呆然としたのだった。

奥帳場はしばらくの間、墓場のように静まり返った。

「……要は、十二月二日を大晦日や思うて、掛け取りに精出せ、いうことやろ。そやな、弥助はん」

上方訛りの抜けぬ同輩が散切頭《ざんぎりあたま》を寄せて弥助に囁いた。

「いや……それにしちゃあ、十二月二日ってのは半端じゃあないですか。この十一月の晦日を大晦日だと思えとおっしゃるんならまだしも」

「それもそやな。お店決算も十二月の二日やて、どないなっとるんやろ……」

番頭たちはこもごもに囁きをかわすばかりで、主人に問い質《ただ》そうとする者はいなかった。あまりに不可思議な話なのである。

「ごめんなさいまし、旦那様。よろしうございましょうか」

辛抱たまらずに弥助は声を上げた。

「あいよ、何だい」

何だい、と畳みかけられても困る。何も糞も話がまるで見えない。しかも主人の喜兵衛はまったく喜怒哀楽が窺《うかが》えないいつもの無表情で、じっと弥助を見据えている。

「ただいまのお指図は、たとえばの話でございましょうか。たとえばこの晦日を大晦日だと思えとおっしゃるわけで」

「いんや」と、喜兵衛は火鉢から身を起こして言った。

「そういう面倒を言うわけじゃあないよ。太政官からのお達しで、今年の大晦日は十二月の二日と決まったそうだ」

「お言葉ではございますが旦那様。とうの昔から一年の大晦日は師走の晦日と決まっております。それとも何でございますか、薩摩長州の大晦日は、十二月の二日なんでございましょうか。もしそうだとしたんなら、お畏《おそ》れながら江戸の商人《あきんど》としては了簡なりません」

政府からの通達だとすると、弥助にはそうとしか思えなかった。天朝様のご威光を笠《かさ》に着て、薩長の田舎侍が江戸をいいようにしている。商人なのだから世の転変に文句をつけてはならぬが、大晦日がいきなり一月近くも早まったのでは、掛け取りを迫られるお客のほうがたまったものではあるまい。そうした無体は了簡ならぬと、弥助は言いたかったのである。

「そうじゃあないんだよ」と、喜兵衛は相変わらず乾いた平らかな声で言った。「いかに薩摩長州だって、大晦日は十二月の晦日さ。それが今年から西洋の暦を使うことになったとかで、要は十二月の三日から晦日までが消えてなくなっちまうんだそうだ。で、二日が大晦日で、あくる日が明治六年の元旦てえことになった」

ええっ、と番頭たちは異口同音に驚き、いっせいに腰を浮かせた。

「……わからねえ」

弥助は独りごちた。

「そう。実はあたしもわからないんだ。てんでわかりゃしません。けどねえ、きょうにも天朝様から詔書が渙発《かんぱつ》されるてえことだから、ともかく十二月の二日が大晦日、あくる三日から晦日まではどっかに消えてなくなっちまいます。てえわけで、掛け取りは急ぐようにな」

言うだけのことを言うと、喜兵衛は逃げるように奥へと去ってしまった。

「かしこまりました」

番頭たちは声を揃えて平伏したが、むろん誰も主人の言いつけを納得したわけではない。

脇座で頭を上げた元締《もとじめ》番頭が、いかにもわかったような顔で言った。

「まあ、そういうわけだから、粗忽《そこつ》のないようにな。今年も急に押し迫っちまったことだし、おのおのお客さんの家に走って、掛け取りに精出すように。よろしいな」

へい、と答える番頭たちの声は、納得ではなく習い性である。

月代の生え揃わぬ頭を下げたまま、弥助はわからぬことをわかったと了簡する自分が、おかしくてならなかった。

「えっ……ええっ……」

時ならぬ掛け取りが御徒士屋敷の庭先にひょっこりやってきて、かくかくしかじかと無体ないきさつを述べ始めたとたん、成瀬勘十郎は書物を投げ出して驚いた。

「まあそういうわけでございますから、どうかこの月末《つきずえ》までに、年の利息と元金のなにがしかをお詰め下さいまし」

獄門首のような弥助の顔を笑っている場合ではなかった。

勘十郎と弥助は商売を抜きにしても旧知の間柄である。若侍と丁稚《でっち》小僧の時分、湯島の和算塾で机を並べた仲であった。

弥助はそれこそ目から鼻に抜ける頭の良い商人ではあるが、おそらく事の重大さをわかってはおるまい、と勘十郎は思った。かくかくしかじかの説明も、主人の受け売りであろう。

しかし暦法の専門家である勘十郎はたちまちすべてを理解した。これは戸籍法や新貨条例にもまさる革命だ。

「証拠と言っちゃあ何ですが、べつだん手前どもの都合で無体を申し上げているわけじゃございません」

不自由そうな洋服姿で縁先ににじり上がると、弥助は大仰《おおぎょう》な袱紗《ふくさ》を勘十郎の膝元に差し出した。

「お武家様には、これをお見せして了簡なさっていただけってえ、主人からの指図でございます。もっとも難しい字ばかりで、手前どもにはさっぱりわからないんですがね」

袱紗の中には詔書の写しが納められていた。

〈朕惟《ちんおも》フニ我邦通行ノ暦タル太陰ノ朔望《さくぼう》ヲ以《もっ》テ月ヲ立テ太陽ノ纏度《てんど》ニ合ス、故ニ二三年間必ス閏月《じゅんげつ》ヲ置カザルヲ得ズ――〉

天朝様が考えるには、わが国で従来使われてきた暦は、月齢によって太陽の動きを推しはかってきたがために、二、三年に一度は閏月を定め、一年を十三ヶ月としなければならなかった。これは不都合なことである――。

いやちがう、と勘十郎は思った。科学的に言うのならば、たしかに不合理かも知れぬ。しかし庶民、とりわけ農民たちは、太古の昔から太陰の暦法に頼って暮らしてきた。それを何の前触れもなく、何ら知識の供与もなく西洋の暦法に改めるのは、庶民の生活に大混乱をもたらす。

〈置閏《ちじゅん》ノ前後時ニ季候ノ早晩アリ終《つい》ニ推歩ノ差ヲ生スルニ至ル。殊ニ中下段ニ掲ル所ノ如キハ率《おおむ》ネ妄誕《もうたん》無稽《むけい》ニ属シ人知ノ開達ヲ妨ルモノ少《すくな》シトセズ――〉

ちがう。ちがう。月齢と太陽の運行の誤差を、われわれ幕府の天文方は度重なる改暦によって補い、また翌年の正確な暦を、前年の十月には公布し続けてきた。妄誕無稽の迷信などではない。現行の天保暦は、天文方の叡智《えいち》の結晶だ。

「どうなさいました、成瀬様」

詔書を読む手が震えた。太陽暦の採用は庶民生活の混乱を招くばかりではなく、勘十郎自身の存在を否定するものにちがいなかった。

「拙者は、すべてに甘んじて参った。たとえ武士には耐え難い泥水でも、世のためと思えばこそ目をつむって飲み干して参った。天朝様の世でも公方様の世でも、正しい暦を作る者がおらねば、民百姓が困ると思うたればこそじゃ。御同輩の多くは上野の戦で死に、箱館まで落ちて戦い、あるいは公方様のお伴をして駿河に向かった。だが拙者には、さように安易な道は許されぬ。わかるか、弥助」

聡明な弥助の顔からは、たちまち血の気が引いた。この男は自分の立場をわかってくれたのだと勘十郎は思った。

「本年の十二月三日を以て改暦をなすは、西洋暦の中でも、ぐ、れ、ご、り、お暦の採用に他ならぬ。すなわち、あ、め、り、か及びえうろっぷの時間に、わが日本国の時を合致せしめるという意味じゃ。西洋の制度や科学を移入することはよい。しかしわが国固有の文化を外国に売り渡してはならぬ。それは亡国じゃ。いかな文明開化と言うても、やってはならぬことはあろう。守らねばならぬ掟はあろう」

勘十郎は詔書を投げ捨て、身仕度を斉えた。羽二重の袴をはき、家伝の大小を腰に差し、御徒士の矜《ほこ》りである無紋《むもん》の黒羽織を着る。

「成瀬様、どちらへ」

「文部省に参って詮議いたす」

この泥水ばかりはどうしても飲み干すわけにはいかなかった。

葉を落とした柿の枝が、晴れ上がった冬空を罅《ひび》割っている。

成瀬勘十郎が血相を変えて出て行ってしまってからも、弥助は御徒士屋敷の縁側に腰をおろして、しばらく物思いに耽《ふけ》っていた。

御一新からこのかた、世の中は変わり続けている。たかだかの商才などは糞の役にもたたず、お上から差し出される器にひたすら体を合わせて生きねばならない。

無理が道理を圧《お》し潰していると思う。しかしそうしたがむしゃらを押し通さねば、商人《あきんど》たちはみな、幕府と一緒にご破算になってしまうほかはないのだった。

それにしても、このたびのお達しには開いた口が塞がらない。立冬も過ぎた十一月の九日になって、今年は十二月の二日が大晦日だから掛け取りを急げと言われても、その掛け取り先に納得のさせようがなかった。

だから弥助は、お店を出るとまっさきに下谷の御徒士屋敷を訪ねたのである。幕府の天文方で毎年の暦を作っていた成瀬勘十郎に、明治五年が十二月二日で終わってしまうという理不尽を、わかりやすく説明してもらおうと考えたからだった。

しかし勘十郎は、改暦詔書の写しを一読したなり、怒りをあらわにして出て行ってしまった。けっして居丈高なふるまいのない温厚な武士の怒りは、呼び止めることすら憚《はばか》られた。

事はよほど重大なのであろうと思えば、このさきの掛け取りに回る気力も萎《な》えてしまった。

「これ、近江屋」

小さいなりに背筋の伸びた老婆が、庭先から弥助を咎《とが》めた。

「まだ霜月もかかりじゃというに、無体な掛け取りなどするではない」

いえ、と立ち上がって腰を屈《かが》めたまま、弥助はつなぐ言葉を失った。

「よいか、近江屋。勘十郎殿は律義者ぞ。掛け取りを急ぐはお店の都合であろうが、そうと言われれば勘十郎殿は、己が非を責めて無理な金策をなされる。今も血相を変えて出て行かれたから、何事かと思うてきてみれば、やはりこういうわけか」

「滅相《めっそう》もございません、奥方様」

老婆の剣幕に怯《ひる》んで、弥助はしどろもどろにことの経緯を語った。

「不埒者《ふらちもの》めが。お店の苦しい事情をありていに述べて掛け取りを急ぐならまだしも、言うに事欠いて、師走の二日が大晦日じゃなどと、武家を舐《な》めるにもほどがあろうぞ」

「いやいや、ですからこれは紛れもない新政府からのお達しで。ほれ、この通り天朝様の渙発なすった詔書もございます」

弥助の手から詔書の写しをひったくると、老婆は大きな文字をさらに遠目づかいに見ながら、ぶつぶつと声に出して読んだ。読むほどに、張りのある烈女の声はすぼみ、やがて空気の抜けたように、老婆は柿の木の根方に蹲《うずくま》ってしまった。

「薩長のやつばらは、とうとう日月星辰《じつげつせいしん》のうつろいすらも、わがものとしたか。

無念じゃ」

　老婆の気の毒な身の上は勘十郎から聞いている。ひとりにすればたちまち短刀で咽を突いてしまいそうな気がして、弥助はいよいよその場を去ることができなくなった。

「成瀬様は文部省を詮議するとおっしゃって出かけられました。必ずやこのような無茶は糺《ただ》して下さいますよ」

　不格好な散切頭を撫で上げて、弥助は柿の枝に礫《つぶて》を投げた。不逞な烏《からす》は怯む様子もなく、朽ち残った渋柿の実を啄《ついば》んでいる。

　御徒士は七十俵五人扶持の小禄ながら、将軍家の影身に寄り添う近侍である。かつては黒縮緬《ちりめん》無紋の御役《おやく》羽織を着て颯爽《さっそう》と町を歩けば、町人たちはみな行く手を開け、腰を屈めたものであった。

　しかし今では行きかう人々も、旧弊の権化《ごんげ》を嗤《あざわら》うように勘十郎を見る。

　広小路には凩が吹き抜け、晴れ上がった冬空はひょうひょうと鳴っていた。

御家人たちから上地された屋敷跡は、とりあえず殖産のつもりの茶畑と桑畑になっている。

徳川の威信を感じさせるものはとにもかくにも壊さねば気がすまず、かといって更地に新しいものを築く知恵はない。いかにも新政府の薩摩人たちが考えついた、一面の茶と桑の畑であった。

人々の冷ややかな視線を浴びながら曠《あ》れ果てた町を歩くうちに、成瀬勘十郎の怒りは鎮《しず》まってしまった。

文部省は湯島の旧昌平黌《しょうへいこう》に仮庁舎を置いている。いずれは竹橋御門前に西洋建築をこしらえて引越すという話だが、もとは一橋家の屋敷があったそのあたりは、いまだに茫々《ぼうぼう》たる更地である。要は大樹公の御実家である一橋の屋敷を、まっさきに壊さねばならなかっただけなのかもしれぬ。

気持ちが鎮まったおかげで、勘十郎はみちみち冷静に物を考えることができた。いくら怒りをぶつけたところで詮議にはならぬ。ここは科学者らしく理詰めに、突然の改暦がもたらす弊害を諄々《じゅんじゅん》と説かねばなるまい。

手順からすれば、思うところは建議書に認《したた》めるべきなのだろうが、いかんせん事は急を要している。すでに改暦の詔書は渙発せられ、その写本を持って商人たちが暮の掛け取りに回り始めているのだった。たとえ朝令暮改の譏《そし》りを受けようとも、改暦の議はせめて十分な日延べをさせねばならぬ。そうしなければ世に大混乱をきたす。

文部省の門前には、西洋軍服を着た薩摩人の番兵が立っていた。

「拙者、待命中の天文方出役、成瀬勘十郎と申す。こたびの改暦につき急用がござれば、日高与右衛門《よえもん》殿にお取次ねがいたい」

眼鏡の縁を人差指で押し上げ、勘十郎は知性のかけらもない番兵の髭面《ひげづら》を睨《にら》みつけた。

昌平黌の広間には舶来の絨毯《じゅうたん》が敷き詰められ、大きな円卓と椅子が置かれていた。

意外なことに、面会の報《しら》せを受けて広間に出てきたのは、かつての上司だけではなかった。いかにも来たるべき者が来たとでもいうふうに、新政府の高官がぞろりと卓を囲んで席についたのである。

「貴公のご学名はかねがね聞き及んでおります。本日は母校を訪ねたというふうには見えませぬが、何か火急の御用でも」

悠然とした薩摩訛りは、人を馬鹿にしているように聞こえた。勘十郎は高官たちには目もくれず、まるで通辞のようにかたわらに座る日高与右衛門に向き合った。

しばらく会わぬ間に髷を落とし、洋服を着て口髭まで蓄えたかつての上司を、勘十郎は醜いと思った。

「来たる明治六年の暦を編纂《へんさん》するにあたり、拙者に出役のお声がかからなかったわけが、ようようわかり申した。どのみち西洋暦に改めるのだから、いいかげんな暦でよかろうということでござるな」

いいや、と与右衛門は官員たちの顔色を窺《うかが》った。

「そうではないよ、成瀬君。改暦は急な会議で決まったのです。西洋諸国との外交や交易に際し、日付がいちいち異なっていたのでは支障があるというわけで――」

「詭弁《きべん》を弄《ろう》されるな、日高様」

勘十郎は聞くだけでもむしずの走る即成の官員言葉を、きっぱりと拒んだ。

「西洋暦との誤差ならば、当面は外交官と貿易商だけが承知しておればよろしい。何ら事前の布告もなく、百姓町人に至るまで突然としてぐれごりお暦に改変せしめんとするは、それなりの理由があってのことでござろう」

円卓を囲む官員たちの表情がこわばった。みちみち考え続けてきたことは、やはり邪推ではなかったのだと勘十郎は確信した。

椅子の袖に立てかけていた刀を胸前に引き寄せ、柄頭《つかがしら》に両の掌を置いて勘十郎は続けた。

「あくる明治六年は閏《うるう》六月がござるゆえ、一年は十三ヶ月、三百八十四日になり申す。昨年から官員の月給制度を施行しおる政府からすれば、改暦によって十三分の一という莫大な俸給支出を削減することができるわけでござる。さらに、本年十二月二日を以て改暦に踏み切れば、たった二日しかない師走分の給与も節約でき、つごう二ヶ月分の官員給与を支払わずにすみ申す。上は大臣参議から下は御親兵、邏卒《らそつ》番兵に至るまでの、二ヶ月分の全給与でござる。これを以て逼迫せる国庫財政の困難を済《すく》わんとする、こたびの突然の改暦でござろう」

勘十郎は一座を睨《ね》め渡した。役人たちの中には首をかしげる者もいる。しかし床《とこ》を背にした上座の数人は、言葉にこそ出さぬが明らかに勘十郎の意思を肯《がえん》じていた。

「のう、日高様――」

勘十郎は俯いてしまった日高与右衛門の洋服の肩に手を置いた。かつて幕府天文方でともに毎年の暦を作った上司を、責めるつもりはなかった。ましてや与右衛門は、わずかとはいえ勘十郎に待命禄が渡るよう、骨を折ってくれているのである。

しかし思うところを語るべき人物は、この際気心の知れた与右衛門しかいなかった。卓を囲む新政府の要人たちは、常識の通じぬ外国人と同じだった。

「おそらくこのお歴々の中にあって、暦算の専門は日高様おひとりでございましょう。暦は御公儀天文方の専業にて、旧藩の勝手に触れざるところなれば、この方々が暦算の法を知るとは思えませぬ」

つらい立場を証すかのように、与右衛門は洋服の背を丸めて肯《うなず》いた。

「ならば今すこし良識を弁《わきま》えなされませ。暦は百姓町人の暮らしの支えでござ

ります るぞ。百姓は暦に順《したご》うて田を植え、種を蒔き、村の祭をいたしまする。町人はやはり暦に順うて銭の収支を計りまする。その大切な暦を、かくも性急に改変せしむるとは、国民の国家に寄する信を裏切ることであると思われませぬのか」

上座で勘十郎をじっと見据えていた役人が、ふいに頬髯《ほおひげ》を撫で回しながら笑った。

「まあ、つまり――太陽暦が採用となれば、おぬしは待命どころか御役御免ということになるので、それはたまらぬというわけですな」

勘十郎はとたんに身を起こし、刀の鐺《こじり》で床を叩いた。

「何を申されるか。苟《いやし》くもそれがしは、暦を算ずる天下の公人でござる。民の暮らしを支えることのほかに、何の私心も利欲もござらぬ」

立ち上がりかける勘十郎の肩を、与右衛門が引きおろした。

「控えよ成瀬、無礼だぞ。こちらは文部卿の大木閣下だ」

大木喬任《たかとう》の名は知っている。しかしいかな御一新の功労者とはいえ、暦を知る者ではないと勘十郎は思った。

「いいや。無礼者はそこもとであろう。拙者、身分こそ七十俵五人扶持の御徒士とは申せ、算え齢十八の出役よりこのかた、幕府天文方にて天下の暦を算じ奉って参った。算暦とは、天のものなる日月星辰の動きを、人のものとする聖なる業《わざ》じゃ。月齢に依る暦を旧弊と侮るならば、拙者は西洋暦についても蘭書を研究し、誰よりも知っておる」

「ほれみよ、それが本音だろう。西洋暦も知っておるから待命を解いて雇用せよということだな」

文部卿は強い口調で勘十郎の声を遮《さえぎ》った。言葉が勇んでしまった。西洋暦の知識を口にしたのはうかつだった。

しかし——勘十郎は気を鎮めながら考えた。

文部卿以下の大官が自分の来訪を知って集まったということは、成瀬勘十郎の誰たるかを知っているのである。おそらく彼らは国家財政を司る大蔵省の圧力で、強引に改暦を実行するほかはなかったのだ。内心は自分の知識を求めているのだろうと勘十郎は思った。

その証拠に、官員たちは勘十郎の非礼を諫《いさ》めようとはしない。暦算の第一人者の意見を聞きたいのである。一様に頬髯を生やした官員たちの表情に、勘十郎は新しい世界を造ろうとする真摯《しんし》な情熱を感じ取ったのだった。

「みなみなさまに申し上げまする」

勘十郎はいちど目を瞑《つむ》って息をつき、ひごろの物静かな学者の声で言った。

「こたびの改暦詔書に曰《いわ》く。蓋《けだ》シ太陽暦ハ太陽ノ躔度《てんど》ニ従テ月ヲ立ツ、日子多少ノ異アリト雖《いえ》トモ季候早晩ノ変ナク四歳毎《ごと》ニ一日ノ閏《じゅん》ヲ置キ、七千年ノ後僅《わずか》ニ一日ノ差ヲ生スルニ過キズ――この起草者はそこもとにござりまするな、日高様」

「いかにも」と、与右衛門は目を上げた。官員たちの自分に向けられる視線から、暦法の専門家は日高与右衛門のほかにはいないと、勘十郎は感じていたのだった。

「畏《おそ》れ多くも、詔書の謬《あやま》りを正し奉る。詔文中に『七千年ノ後僅ニ一日ノ差』とあるは、吉雄俊蔵先生の『遠西観象図説《えんせいかんしょう》』に拠《よ》るところでござりましょうが、それがしの計算では、およそ二千六百年に一日の誤差となり申す」

そのような僅かなちがいは、どうでも良いとは思う。しかし勘十郎は、天皇の名の許《もと》に渙発される詔書に、科学的な謬りのあることが許せなかった。

国家が権力であってはならない。国民の暮らしを安んずる機構こそが国家であると、勘十郎は信じていた。その目的だけが達成されるのであれば、天下は誰が動かそうとかまわない。

「天朝様は神ではござらぬ。しからばかような暦算の詳細も、ましてや百姓町人の暮らしぶりなども、おわかりになろうはずはござらぬ。今後、謬てる軍官の決議を天朝様の御名の許に公布せしむる愚を冒し続ければ、国家は滅びまする。西洋の法に準ずるは世の趨勢ではござるが、日本政府はあくまで固有なる日本人のために、政《まつりごと》を致さねばなり申さぬ。外交や交易、ましてや財政難を理由に突然の改暦をなさしめて国民を混乱に陥れるなど、いかにも小人の政にござる。伝家の宝刀をふるうがごとく詔書を渙発すれば、国民はそれに順うほかはなく、時に及んでは錦旗の征《ゆ》くところ、甘んじて死にもいたしましょう。拙者、一個の科学者として――」

そうした世を見るに忍びぬ、と言おうとしたが、声にはならなかった。今さら無用の長物となってしまった和算と暦法の学問を究めたのは、科学者として人々の平安を希《ねが》うがゆえであった。

官員たちは何も答えてはくれず、ただ眼鏡の涙を拭う勘十郎を見つめていた。

成瀬勘十郎は文部省を辞去したその足で、柳原の古道具屋を訪《おとな》い、家伝の刀を売った。

「わからぬ。わからぬぞ近江屋。なにゆえ大の月が、一、三、五、七ときて、九とならずに十と十二になるのじゃ。毎年同じというのは都合がよいが、覚えられぬのでは仕様があるまい」

庭土に数字を書きながら、婆様は首をかしげる。

旧来の暦では、毎年大の月と小の月がちがうから、暮になると滑稽な絵に歌や句を添えた摺物《すりもの》が出回って人々の話題になった。これからはそんな巷《ちまた》の風物もなくなるのだろう。

「ふむ。たしかに毎月の晦日をたがえましたら、手前ども商人は上がったりでございますな」

たしかに都合はよい。しかし弥助には、毎年同じ大小の月になるというその都合のよさが、ひどくいいかげんなことに思えてならなかった。これまではまちまちであった一年が、すべて三百六十五日に定まり、四年にいちどだけ閏の一日が二月に加わって三百六十六日になるという。都合がよいというより、お上が勝手にそう決めてしまったような気がする。

二人が雲を摑むような議論をかわしているうちに、勘十郎が帰ってきた。顔色が憔悴《しょうすい》しているのは、昏《く》れかかる日のせいばかりではあるまい。

「弥助、借金はいかほどになる」

重たげな巾着を懐から取り出すと、勘十郎はこともなげに言った。

「へい。今年の分は八円ばかりでございます」

「いや、そうではない。代々嵩《かさ》んでおる借金じゃ」

いよいよ新政府への出仕が決まり、仕度金が出たのだろうか。それにしては勘十郎の顔色は暗い。

「さようか。三十五円とは、またずいぶん迷惑をかけていたものだ」

紙縒《こより》で括った太政官札を不器用に数えて、勘十郎は大金を差し出した。

「なに、薩長の腐れ金ではない。二束三文かと思いきや、さすがは御拝領の二代康継《やすつぐ》じゃ。茎《なかご》には葵《あおい》の御紋付で、五十円にもなった」

「なんと、お腰物を売られたか」

婆が素頓狂《すっとんきょう》な声を上げた。まるで魂が脱けたように見えるのは、家伝の名刀を失ったせいなのだろうかと弥助は思った。

縁側に腰をおろして眼鏡をはずし、勘十郎は疲れた瞼《まぶた》を揉んだ。

「のう、お婆様。勘十の願いを聞いては下さらぬか」

いったい何ごとであろうと、婆様はうろたえている。弥助は背を押して、婆を勘十郎の並びに座らせた。

「今さら何をと思われるであろうが、駿府に下ってはいただけぬか。道中は拙者がお伴いたすゆえ」

侍が魂を売り払っての決心である。婆様は溜息のほかに抗《あらが》おうとはしなかった。

「そなたも、駿河へと落つるか」

「いえ、お婆様をお送りしたなら、それがしは甲州に参ります。妻子とともに田畑を耕そうかと」

その場にいたたまれずに、弥助は縁先から座敷に上がると、火鉢の熾《おき》を吹いて茶を淹れた。

ほの暗い屋敷をなにげなく見回す。父祖代々、将軍家の近侍を勤めた御徒士の家であった。貧しくも矜り高い侍たちは御徒町《おかちまち》の名のみを遺して、みなこの地を去ってしまう。

「なにゆえのご変心かの」

「べつに理由はござらぬ。侍であることにいささか疲れ申した」

勘十郎は眼鏡をはずすと、背越しの敷居に置いた。

「一年が三百六十五日と定まり、大の月は、一、三、五、七……ああ、わからぬ」

力なく呟きながら、婆様は顔を被ってしまった。

真向から射し入る西陽が、縁先に座る二人を隈取《くまど》っていた。急須を手にしたまま、弥助は御徒士屋敷の太い梁《はり》に囲われた二つの後ろ姿を見つめた。

「西向く士《さむらい》、というのはいかがでござるか。二、四、六、九、武士の士の字は十と一でござろう」

少し考えるふうをしてから、婆様は娘のようにころころと笑った。

「勘十はさすがにおつむがよいわ。なるほど、西向く侍か」

とっさの勘十郎の知恵に、弥助は舌を巻いた。この一言で人々は混乱から済《す》くわれる。太陽の暦の続く限り永遠に、人々は月の晦日をたがえることなく、しかも西方から来《きた》って天下をわがものとした薩長への恨みも、忘れることはあるまい。行く先々でこの文句は喧伝《けんでん》しよう。

「しかし他意はござらぬよ。拙者は薩長に敵《むこ》うておるわけではなく、駿府のお仲間や甲州の妻子に向き合うているのでござる」

眼鏡をはずした成瀬様の目には、夕空を不吉に罅割る柿の枝も、よくは見えてはいないのだろうと弥助は思った。

黒縮緬無紋の御徒士羽織の肩をことさら聳《そび》やかして、成瀬勘十郎は赭々《あかあか》と昏《く》れゆく西空を見つめていた。

遠い砲音《つつおと》

倅《せがれ》に肩を揺すられて、土江彦蔵《つちえひこぞう》は目覚めた。

格子窓の外は未だ漆黒の闇である。掻巻《かいまき》を引き被ろうとする父の手を倅が諫《いさ》める。

「まだ早かろう。今少し」

「いえ、あと一寝入りなされば、まちがいなく遅刻にござります。お目覚め下さい」

「何どきじゃ」

少しも抜けぬ酒気に胸を悪くしながら、彦蔵は掻巻の中から時刻を訊ねた。

枕元に畳まれた父の軍衣を探って、懐中時計を取り出す気配がする。

「ああっ、もはや遅刻にござりまする。六時を十五ミニウトも過ぎ申した」

「何と」と奇声を上げて彦蔵ははね起きた。

「遅くとも六時の十五ミニウト前には起こすよう言うたではないか。いかん、またしても遅刻じゃ」

「お言葉ではござりますが父上、わたくしは五時と三十ミニウトからお声をかけ続けておりまする。そのつど父上は、今少し、今少しと」

倅を押し倒して、彦蔵はあわただしく軍装を斉《ととの》えた。近衛《このえ》砲兵営は六時の起床で、七時には砲術調練が始まる。朝飯どころか、顔を洗う間も用を足す間もなかった。

「夜ごとお殿様のご相伴に与《あずか》りますのもいかがなものかと」

「わかっておる。しかしこの下屋敷に、ご家来衆はもう残っておらぬのじゃから仕方あるまい。ご相伴も忠義のうちじゃ」

こんなとき、近衛将校の西洋軍服はややこしい。ボタンのたくさん付いた襦《じゅ》袢《ばん》を着て細い袴下《こした》をはき、緋色の軍袴を革の吊り紐で肩から吊って、黒羅紗《らしゃ》に赤の五条肋骨を刺した上衣を着る。さらに腹帯を巻いてサーベルを佩《は》けば、どう急いだところで貴重な十ミニウトの時間を費消した。

「遅刻じゃ、遅刻じゃ」

生れついて不器用な手先に苛立ちながら、彦蔵は呪文《じゅもん》のように呟き続ける。御一新以来、夥《おびただ》しく繁殖する言葉のうちでも、これほど呪わしいものはあるまい。

「殿はお目覚めか」

「はい。お殿様はすでに西洋定時をご体得あそばされておりますれば、いかにご酒をお過ごしの朝でも、六時には必ずお床上げになります」

長屋の敷台に座って軍靴をはく。倅は死んだ母のしぐさを真似て、彦蔵の胸元にサーベルを捧げ渡した。

「長三郎」

父はおのれに似ず聡明な倅の名を呼んだ。世が世であれば五十石取りの立派な跡取りであろうに、髷《まげ》を落とした坊主頭が何とも情ない。

「殿のお身回りのこと、よろしう頼むぞ」

「はい。しかし父上、お殿様は少しも手のかかるお方ではございません」

つまり手がかかるのは父親なのだと、長三郎は言っているのだ。

「馬引け。わしは殿に朝のお目通りをして参る」

「かしこまりました。お急ぎ下されませ」

御門続きの長屋から走り出て、奥庭へと回る。五百坪の下屋敷を繞《めぐ》る木々は、松の常緑を残して冬枯れていた。その松枝《まつがえ》の撓《たわ》みかかる東空がほのかに明け染めている。

木戸をあけて御庭に入ると、まるで呪文の解けるように、彦蔵は遅刻という迫りくる事態を忘れた。それほど下屋敷の庭は曠《あ》れ果てていた。

長門《ながと》清浦《きようら》藩は御一新の雄たる毛利三十七万石の支藩であった。しかし石高はわずか一万石で、国元には城さえ持たぬ陣屋大名である。

世は明治に改って薩摩長州の天下となった観はあるのだが、その長州藩の連枝でありながら、当家の凋落ぶりは目を被うばかりであった。

もともと江戸参府の行列もみすぼらしいほど人がおらず、いわんや戊辰《ぼしん》の戦に出兵する余裕などあるはずはないから、むろん賞典禄もなかった。そのうえ当主の毛利修理大夫《しゅりだゆう》は豊後日出《ぶんごひじ》藩木下家から迎えられた養子で、主家筋とは血縁がなかった。御一新の働きらしきものをしいて挙げるなら、明治二年の天皇東遷に、藩主以下三十名の藩士が供奉《ぐぶ》をしたことぐらいである。

毛利分家の家名も、一文字三星の家紋も、藩士たちにとっては厄介な重石でしかなかった。

芝愛宕下《しばあたごした》大名小路の上屋敷はたちまち新政府に召し上げられ、あわただしく引越した下谷《したや》の中屋敷も上地され、向島《むこうじま》の下屋敷に居を移したころには、わずかな藩士や使用人のほとんどがいなくなっていた。

残された土江彦蔵は、彼らのその後を知らない。御本家筋の伝《つて》をたどって新政府に出仕した者もおり、国元に帰農した者も多かった。

それら同輩に比べれば、武芸の腕を買われて御親兵となった藩士たちは恵まれていたといえる。とりわけ五十石取りのお馬回り役を務めていた土江彦蔵は、近衛砲兵隊の将校に推挙された。

算《かぞ》え齢《どし》四十の陸軍中尉は、いささか薹《とう》がたっている。家族もいることであるし、営外居住が許されたのだが、彦蔵は用意された官舎に住む気にはなれなかった。ひとけの絶えた下屋敷の長屋を去ることができなかったのである。

維新の苦楽を共にしてきた妻は、一人息子を遺《のこ》して死んでしまった。十三歳の長三郎は一介の武弁たる父には似ぬうらなりで、女だてらに読み書きの達者であった妻に似ている。

ふと我に返って、彦蔵は軍服の胸から懐中時計を取り出した。六時と三十五ミニウト。おののく彦蔵をさらに急《せ》きたてるかのように、セカンド針が刻々と時を刻み続けている。

近衛将校に下賜《かし》された西洋時計は、なにゆえ三本もの針を持っているのか、その姿形までが憎い。

「おはようござりまする」

書院の縁先で挙手の敬礼をする。お殿様は障子を開け放った座敷に踏台を据えて、アメリカ製の掛時計の発条《ぜんまい》を巻いていた。

「やあ、おはよう。とうに出かけたと思うたが、遅刻ではないのか」

「いささか酒が過ぎましてござりまする」

殿は若々しい顔を振り向けて笑う。御齢《おんとし》十九歳ながら、御一新のどさくさで嫁取りもままならず、家族といえば国元の陣屋に先代藩主の奥方、つまり血縁のない義母がいるばかりである。ご実家の木下家とも交誼《こうぎ》は絶えていた。

「ふむ。しかし、土江の朝寝坊は酒とはあまりかかわりがあるまい。酒なら予も多分に残っておるがの。それでも朝には常の通りに目覚める。ああ、頭が痛い」

踏台から飛び下りて、殿は中分けに撫《な》でつけた頭に手を当てた。

彦蔵はどことなく浮世ばなれのした、この若殿様が好きである。ご実家の木下家は北政所《きたのまんどころ》の兄を藩祖とするらしいが、言われてみればなるほど天下人の鷹揚《おうよう》さを感ずる。

毛利の血筋であれば、新政府もまさかこれほど粗略に扱いはしないであろうし、家来衆も簡単に見切りをつけることはなかったであろう。しかし当のお殿様はそうした身の不運を、毛ばかりも嘆くふうはない。誰にも先んじて髷を落とし、刀を捨て、西洋趣味の自由な暮らしを楽しんでいるように見える。

「お身回りのことなど、何ごとも長三郎めにお申し付け下されませ」

「いらぬ気を回すでない。それよりも早う行け。遅刻もたびたびとなれば、ただではすむまい」

「さらばお殿様、これより行って参りまする。遅くとも暮れ六つには戻りますゆえ」

言ってしまってから、彦蔵ははっと口を噤《つぐ》んだ。はたして殿は眉をひそめて問い質《ただ》す。

「暮れ六つとは、何時のことじゃ」

「ははっ、日の入りよりしばらく後のことにて」

とっさの答えに殿は首をかしげる。西洋定時を体得している殿様には、旧来の暮れ六つという時刻がすでにわかりづらいのであろうか。いや、新時代の軍人らしからぬ言い方を、たしなめているにちがいない。

「よいか、土江。かつての暮れ六つとは、日の入りより三十六ミニウトの後じゃ。只今の冬の時節なればそれはおおむね五時ということになるが、夏であればずっと遅くなる。そちも早う西洋定時法に習熟いたさねば、軍務に支障をきたそうぞ」

まったくわからぬ。一日が明け六つの鐘で始まり、暮れ六つで終わることに、いったい何の不都合があるのだろうか。夏の一日が長く、冬の一日が短いのは道理であろう。

「かたじけのうござりまする。殿のご教示、しかと肝《きも》に銘じて軍務に励みまする」

門前に馬の嘶《いなな》きがした。口にできぬ不満を軍服の胸に括《くく》って挙手の礼をする。

「行って参ります」

大川の土手に面した門前には、彦蔵にまったくお似合いの老馬が、長三郎に轡《くつわ》を引かれて待っていた。

さる明治四年に竣工した近衛陣営は、広大な竹橋練兵場のただなかに、あたかも茜《あかね》色の巨鳥が翼を休むるがごとく聳《そび》えている。その威容はいかにも新陸軍の象徴たるにふさわしい。

「いかん、遅刻じゃ」

乾いた砂煙を蹴立てて、老馬は走る。しかし練兵場は広く、向島から長駆責め続けられてきた馬足は鈍い。

馬上の彦蔵が凝視するものは、陣営の正面に掲げられた菊の御紋章ではなく、その上の円塔に嵌《は》めこまれた大時計であった。時刻は七時と二十五ミニウトを指している。

駒繋《こまつな》ぎももどかしく手綱を衛兵に任せて、彦蔵は営舎に駆けこんだ。

煉瓦《れんが》造りの兵営に四面を囲まれた営庭にはすでに砲車が牽《ひ》き出され、歩兵と砲兵が縦列を斉えている。自分の中隊はいったい誰が指揮をとっているのかと思えば、彦蔵の四角い顎は引き攣《つ》る。

折り良く、というか折り悪しく、というべきか、廊下の先から大隊長の有馬少佐が副官を従えて歩いてきた。正対して敬礼をしたとたん、大隊長は答礼もせずに怒鳴った。

「おはん、またしても遅刻かっ。いったい近衛兵の軍務を何と心得ちょる」

戊辰の戦を鳥羽伏見から箱館まで転戦した有馬少佐は若い。そのうえ出自は薩摩の上士である。小柄な体ながら、矜持《きょうじ》と自信とが炎の立つように漲《みなぎ》っている。

「本日は歩兵と砲兵の合同調練だちうこつ、知っちょろうが」

「はっ、存じております」

答える声が裏返った。時計の針ばかりに心を奪われて、きょうが大切な合同調練の日であることをすっかり忘れていたのだった。

「土江中隊の指揮ば誰がとっちょるのか」

うんざりと彦蔵を見つめながら、大隊長は副官に訊ねた。廊下の窓ごしに双眼鏡を構えて、洋行帰りの副官はとっさに答えた。

「砲術教官のロラン大尉のようであります」

よし、というふうに大隊長は肯《うなず》いた。若々しい顔には不似合いな口髭《くちひげ》をつまみ、佇立《ちょりつ》する彦蔵に囁く。

「中隊長が遅刻では兵の士気にかかわる。合同調練ばする歩兵将校どもの手前もあるち、ロラン大尉が気働きばしてくれたのじゃろう。フランス陸軍の将校が中隊ば掌握しちょれば、誰もおはんが遅刻じゃとは思わん」

「面目次第もございません」

「よいか、土江中尉。おはんは今しがたまで、大隊本部において本官と重要な会談ばしちょった。本日の砲兵隊運用についての手順ば確認しちょった。で、部隊整列を待って、本官とともに営庭に出る。その間、おはんの中隊の指揮はロラン大尉が代行した。そげんこつでよかろう」

「まことに、まことに申しわけございません」

「ただし――」

営庭に向かって歩き出しながら、大隊長は背伸びをするように顎を上げて彦蔵を睨《にら》んだ。

「本日の合同調練における実弾の使用は、おはんの中隊に命ずる。よいな、万々が一、突撃ばする歩兵の頭に砲弾が落つるようなこつがあれば、おはんは切腹じゃ」

練兵場から営庭に北風が吹き抜けて、彦蔵は思わず軍衣の肩をすくめた。

合同調練は歩兵の突撃でしめくくられる。まず砲兵中隊の四斤《きん》山砲が敵陣を砲撃している間に、歩兵が突撃線に散開する。さらに歩兵が匍匐《ほふく》前進する間にも味方の砲撃は続く。しかし、歩兵が小銃に着剣して立ち上がり、一斉に突撃を発起《ほっき》した瞬間には、当然のことながら砲撃は停止していなければならない。

「大隊長殿。どうか砲撃の指揮は、ロラン大尉殿に」

「ならぬ。命令じゃ」

と、有馬少佐は冷ややかに言った。

砲列は突撃位置の遥か後方である。双眼鏡を使っても、視認は容易ではない。

味方の頭上に砲弾を落とさぬためには、歩兵と砲兵のそれぞれの指揮官が、正確な時刻を共有していなければならないのだった。

そしてその正確な時刻とは、「アウワーズ」ではなく「ミニウト」でもなく、彦蔵がまったく理解できぬ時の単位――「セカンド」である。

歩み出た営庭には朝日が眩《まば》ゆい。

大隊長が手を挙げて呼ぶと、抜刀したサーベルを肩口に控えて、面ざしも精悍《せいかん》な歩兵将校が走ってきた。

「ごくろう。本日の砲撃は第一中隊の予定じゃっどん、急遽《きゅうきょ》これなる土江中尉の第三中隊が行う。ただちに時計合わせばいたせ」

「はっ、ただちに時計合わせをいたします」

若い歩兵少尉は潔く復唱こそしたものの、ちらりと彦蔵を見て、露骨に嫌な顔をした。

嫌な顔だけで、ほかに文句のひとつも言わず命令に服する少尉を、彦蔵は偉いと思った。

「貴公、お名前は」

懐中時計を取り出して営舎の壁に風をよけながら、彦蔵は気の毒な少尉に訊ねた。

「歩兵第十一小隊長の、内藤少尉であります」

「ご出身の旧藩はどちらかな」

少し言い淀むようにして、少尉は答えた。

「幕臣であります」

「親御どのはご健在か。ご妻子は」

「父母はすでに他界いたしております。妻もいまだおりませぬ」

いくらか気持ちが軽くなった。

「そのようなことより、時計合わせを」

二人は胸前に懐中時計を並べた。近衛将校に供与されたスイス製の懐中時計は蓋付きの頑丈な仕上げで、裏側には菊の御紋章が刻印されている。性能もすこぶるすぐれているらしいが、彦蔵にとってその正確さなどはあまり意味がない。

お揃いの文字盤を並べたとたん、めまいを感じた。

西洋暦が採用されたこの正月の御用始めの折に、大隊長が宣言した言葉が耳に甦る。

（本日より、一日が二十四アウワーズである。一アウワーズを六十に分かって、これをミニウト。さらにこのミニウトを六十に分かってセカンドと称す。セカンドは大抵、脈の一動である。よって、貴官らに供与する懐中時計には、日ごろ平民一般人が使用する西洋時計とは異なり、三本の針が付いておるのじゃ）

内藤少尉は懐中時計の竜頭《りゅうず》を押さえて、数字の12の位置でセカンド針を停止させた。

「現在時刻、七アウワーズ、三十八ミニウト。停止いたしました」

「よし。五セカンド前。四、三、二、一、今」

彦蔵の号令で少尉は竜頭から指を離した。二つの時計を見比べる。

「よろしいですね」

「ふむ」

「ところで土江中尉殿。ひとつお訊ねしてよろしうござりましょうか」

「何なりと」

営庭では閲兵が始まっている。ぴたりと同じ時刻を示す二つの時計を見つめたまま、内藤少尉は訊ねた。

「よもや、とは存じますが、中尉殿は体得しておられますか」

「四斤山砲の砲術には慣れておる」

「いえ、そうではなく……」

「剣術は神道無念流の目録。居合と柔術にも心得はあるが」

「そうではなく。つまりその……西洋定時法は体得なさっておられますか」

「無礼を申すでない」

自分の遅刻癖が、すでに歩兵営にまで知れ渡っているのだろうかと、彦蔵は考えた。

いや、一個人の習癖が噂になるほど近衛陣営は狭くはない。ただ、いまだに西洋定時に不慣れな軍人が数多くいるのはたしかで、しかもそれらは概ね頭の堅い老兵に限られている。彦蔵の年齢から推して、内藤はそのことに懸念を抱いているのであろう。

無礼者と言われても、内藤は怯《ひる》まなかった。じっと懐中時計を睨んだまま、命の懸かった低い声で呟く。

「ならば中尉殿。瞬時にこの文字盤をお読み下さい」

何と。瞬時に読め、か。

「さあ。いかがなされた」

読めぬ。アウワーズの短針とミニウトの長針はともかく、セカンドの細い針は読み取ろうとするそばから進んでしまう。

「現在時刻、七アウワーズ、四十一ミニウト……」

「セカンドは」

「セカンドは……五十八、いや、六十、六十一、二」

命を失ったような深い息をついて、内藤少尉は懐中時計の蓋を閉めた。

「西洋定時に六十より先はございませぬ。では、のちほど練兵場にて」

もとは幕臣といったが、御一新の折にはどれほどの苦労をしたのであろうか。不平の一言も洩らさず、その先の詮議もせず、内藤少尉はまるでおのれの命を見切ったように、颯爽《さっそう》と隊列に戻って行った。

営舎の煉瓦塀に軍帽の庇《ひさし》を預けて、彦蔵はしばらくの間、ぶつぶつとセカンド針を読んだ。

その日、内藤少尉の指揮する近衛歩兵小隊の頭上に、鋼鉄の雨が降った。匍匐散開していた兵たちが少尉の号令一下、一斉に立ち上がって突撃に移ったとたん、ぴたりと止むはずの砲弾が、まるで彼らを狙い撃つかのように次々と着弾したのである。

数名の負傷者はあったが、四斤山砲弾を雨あられと見舞われながら、死者のなかったことはまさに奇跡であった。

砲弾が装薬の少ない演習弾ではなく実戦用の榴弾であったなら、あるいは吶《とっ》喊《かん》の声の中で内藤少尉が、ひゅるひゅると冬空を飛来する弾音を感知し、とっさに「伏せ」の号令をかけなければ、御一新以来の大事件となっていたにちがいなかった。

調練はただちに中止され、砲列に駆けつけた司令部付の参謀たちは、叱咤《しった》するよりも先に彦蔵に躍りかかった。砲兵大隊長の有馬少佐などは、サーベルを抜いて斬りつけたほどであった。

「おまん、腹ば切れ。切れんのならわしが叩っ斬っちゃる」

剣幕の前に立ち塞がって彦蔵の命を救ってくれたのは、砲術教官のロラン大尉であった。彼は巨体に物を言わせて大隊長を抱き止め、たぶん「ここは本官に免じて」というようなことをフランス語で言った。

階級こそ大尉であるが、草創期の日本軍将兵らにとって、外国人教官は目に見える神である。給与などは大将にも匹敵するという。

頰髯《ほおひげ》もいかめしいフランス軍将校が、「のん、のん、しるぶうぷれ」と叫びながら中に入ったのでは、誰もがとりあえず怒りをこらえるほかはなかった。

ことの詮議については、砲術教官の責任において本官がする、というロラン大尉の意思を通辞が伝え、彦蔵は陣営内の教官室に拘引された。

「ご安心めされよ。大尉殿がうまく取り計ろうて下さいます」

練兵場から帰るみちみち、通辞は彦蔵を宥《なだ》めてくれた。

「わしの身などどうでもよい。歩兵隊はどのようになっておる」

さあ、と通辞が答えたとき、ちょうど教官室に向かう階段の踊り場の窓から、混乱をきわめる営庭の様子が見えた。

傷ついた兵を乗せたいくつもの担架が、北棟の医務室へと走る。サーベルを杖にして、仮包帯も痛々しく歩む内藤少尉の姿を認めたとたん、彦蔵はようやくおのれのなしたる事の重大さを知った。

教官室に入ると、彦蔵はロラン大尉の足元に土下座をした。

「面目次第もござらん。いたずらにお庇《かば》い下さるな、ロラン大尉殿。かくなるうえはいかような裁きもいといませぬ」

のんのん、と言いながら、ロラン大尉は傷ついた彦蔵の顔をいたわってくれた。音楽のような快いフランス語を、通辞が大尉にかわって語る。

「ええ――貴官のなしたることは、たしかに万死に価する失態ではあるが、そもそもはさなる貴官に砲兵隊の指揮を命じたることこそあやまりである――と申しております」

「何と、責任は大隊長殿にありやと申されるか」

話すことはままならぬが、聞くことはいくらかできるとみえて、ロラン大尉は通辞を介するまでもなく「ウイ」と肯いた。

続けて何ごとかを語りながら、彦蔵の破れた軍衣の袖を引き上げ、長椅子に座らせる。

「ははあ、なるほど」

と、通辞は大尉の言葉に勝手な納得をした。

「おい、通辞。貴官が得心していかがいたす。大尉殿は何と申されておるのだ」

二人のやりとりがおかしいのか、ロラン大尉は頬髯を膨らませて微笑んだ。

「土江中尉の身に万が一のことがあったのでは、修理様がお嘆きになる、と」

ああ、と呻き声を洩らして彦蔵は俯《うつむ》いた。修理様とは、主君である毛利修理大夫にほかならぬ。

「たしかロラン大尉殿は、お殿様の語学教師をなさっておられましたな」

それは事実である。旧大名や顕官はこぞって邸に外国人を招いて外国語の学習に励んでいるが、ロラン大尉はしばしば非番の日に、向島の下屋敷を訪れているのだった。

「しかし、それとこれとは別でござる。さような理由にて罪を免れたとあっては、軍人として面目が立ち申さぬ」

彦蔵が向き合って言うと、ロラン大尉は身ぶり手ぶりをまじえて反論した。

「ああ、そうでしたか——土江中尉殿、貴官は日々の軍務に精励なさるかたわら、お殿様の身辺に、あたかも執事か家令のごとくお仕えになっておるそうですな。修理大夫様はそのことにたいそう感謝をなさっておられ、ことあるときは土江を宜《よろ》しう頼むと、かねてよりロラン大尉殿にお頼みしておられるそうです」

「殿が、そのようなことを……」

軍袴の尻が革の長椅子から滑り落ちてしまった。再び絨毯《じゅうたん》の上に膝を揃えて、彦蔵は呆然とロラン大尉の笑顔を見上げた。

「もったいのうござります」

その言葉をどのように伝えたのか、大尉は通辞の短い声を聞いたとたん、彦蔵に正対して不動の姿勢をとった。

「貴官は軍人の鑑《かがみ》である、と。何となれば、軍人の本分は忠節にあり、その忠節を主君に対して常日ごろからいたしおる貴官こそ、あっぱれなる近衛将校である。しかるに、その忠節を忠節とも思わず、もったいのうござるの感謝さえいたす貴官に対し、本官は軍人として最大の敬意を表したい——こう申しておられます」

通辞の介するところは流暢《りゅうちょう》に過ぎる、と彦蔵は思う。

「よもやとは思うが、話を多少なりとも作ってはおらぬか」

「いえ、大尉殿の仰《おお》せらるるままにて」

彦蔵はむしろうしろめたい気持ちになった。

お殿様のお身回りの世話をしているのは、けっして忠節ゆえではない。その実は、逃げ遅れただけなのだ。機を見るのに敏《さと》い藩士たちが次々と去り、不得要領のおのれひとりが取り残されてしまった。あげくの果てには病身の妻にも無理を強いた。おのれの不得要領が命を奪ったようなものだ。しかも倅の長三郎には、学問も授けられずに下働きの真似をさせている。

「わしは——」

悔悟の言葉が声にならず、彦蔵は軍服の袖を瞼《まぶた》に当てた。

「ロラン大尉殿は、貴官の罪を問わせるようなことはさせぬ、と申しております。なおかつ今後は、土江中尉殿にふさわしい軍務を思料いたし、大隊長殿に意見を申し上げる、と」

西洋時計の標《しる》す時が読めぬかぎり、自分にふさわしい任務などあろうはずはない。

軍衣の懐《ふところ》に手を入れ、まるで心の臓を摑み出すように、彦蔵はちくたくと時を刻む時計を握りしめた。

「遅刻じゃあっ、急げ、遅刻じゃあっ」

輓馬《ばんば》の尻に鞭を入れ、彦蔵は部下たちを叱咤した。

竹橋の近衛陣営から北桔橋《きたはね》御門までは緩く長い登り坂が続く。しかも路上には毎日の砲車の往還により、無数の轍が刻まれている。牽く馬も押す兵も、必死の形相である。

昼の十二時——すなわち彦蔵の頭で考えるところの午《うま》の中刻に、旧本丸内天守跡にて二十四斤加農《カノン》砲の空砲を撃つならわしは、さる明治四年の秋に始まった。

この任務を司るのは、彦蔵の所属する近衛砲兵第一大隊である。いつかは勤番が回ってくるのではないかと怖れていたものが、突然命令下達されたのは、例の友軍誤射事件から間もなくであった。

たしかに人の命はかからぬ。しかし砲術教官のロラン大尉が、「ふさわしい軍務を思料いたし、大隊長殿に意見を申し上げ」た結果だとすると、いささか人々の悪意を感じぬでもなかった。

「遅刻じゃあっ、急げ、遅れてはならぬぞ」

霜どけのぬかるみに軍靴の足をとられながら彦蔵は軍馬の轡《くつわ》を引いた。

「中隊長殿、時間は」

泥まみれの下士官が訊ねる。左手に握ったままの懐中時計の針を読んで、彦蔵は答えた。

「十一時と、ええ……五十ミニウトか。いや、四十」

「あと何ミニウトでござるかっ」

「ようわからん。ともかく急げ」

命令書によれば、この号砲によって「諸官員より府下遠近の人民に至るまで普《あまね》く時刻の正当を知る」のである。「以てその各々《おのおの》の所持する時計も正信《しょうしん》を取る」のである。すなわち、十二時ちょうどに鳴り響く砲声で東京府下の人々は正しい時刻を知り、一斉に時計合わせも行うのである。

二の丸の宮殿におわす聖上《おかみ》も、同時に時計合わせをなさるのかと思えば、たとえ一セカンドの遅刻も許されるはずはなかった。

近衛陣営では毎朝の朝礼の時刻に、将校全員が時計合わせをする。標準時と定められた大隊長室の置時計に、全員がセカンド針までぴたりと合わせるのである。「時限の軍務に関係するや容易ならず」とする兵部省の命令により、どの部隊でも同じ時計合わせを行っていた。ということはつまり、たとえ一セカンドの遅刻でも、陣営の知るところとなる。

「号砲隊、罷《まか》り通る。手を貸せ」

北桔橋御門からは控えの衛兵も加わって、砲車は天守台下に向かった。

理不尽なことに、竹橋の陣営からわざわざ牽いてくるこの四斤野砲を、号砲に使用するわけではない。本丸跡にはクルップ社製の巨大な二十四斤加農砲が定置されているのである。兵部省の命令か、あるいは有馬大隊長の発案になるかは知らぬが、「近衛砲兵隊の往《ゆ》くところ常に砲ありてその威を知らしむる」

という わけで、用もない百貫目の青銅製野砲を二頭の輓馬に牽かせて、往還する定めなのであった。

御一新以来、旧江戸城内は荒れ放題である。北桔橋の御門をくぐれば、門郭をなす渡櫓《わたりやぐら》も岩岐《がんぎ》多聞《たもん》も、まるで砲撃でも受けたかのように傾《かし》いでおり、欠け落ちた屋根瓦のすきまからは雑草が茫々と生い立っていた。

かつて明暦の大火で焼失したまま再建されることのなかった天守はともかく、その南に広がる本丸の敷地も、荒れるに任せた草原となっている。東京府下を見はるかす高台であることのほかに、ここで号砲を撃つべつだんの意味はないのだった。

どうやら間に合った。威を知らしむる――つまり見栄で牽いてくる四斤野砲を草原にうち捨てて、彦蔵は正中にかかった太陽の下を、黒々と輝く加農砲に向かって走った。

いったいどのようにして据えつけたのかと首をかしげるほどの、化物のような攻城砲である。その大きさ、その重さは、彦蔵が担う羽目になった任務の嵩《かさ》そのものであった。できるだけ大きく、できるだけ重く、この二十四斤砲の砲《つつ》音《おと》によって、あまねく人々に西洋定時の十二時を知らしめようというのだ。

「撃ち方、用意」

下士官が砲の開閉器をあけ、兵が空砲弾を装塡する。

砲座のかたわらに立ってサーベルを抜き、彦蔵は懐中時計の蓋を開いた。号砲までには、まだ一ミニウトと三十セカンドほどの間がある。

「しばらく待て」

そう命じたとき、彦蔵は噴き出る汗の一瞬にして冷えるような寒さを感じた。かつて彦蔵の知る「しばらく」とは、まさかこれほどわずかな時のことではなかった。辰刻《とき》は西洋定時でいうところの二アウワーズによって区切られ、しかも瞬時をさし示すものではなく、二アウワーズの時間帯の謂《いい》であった。大河のごとく鷹揚に流れる時の中で、武士も町人も百姓も、けっして急《せ》かされることなく暮らしていた。

東の空が白む明け六つに一日が始まり、暮れ六つの鐘とともに、その一日が終わった。夏の一日は長く、冬は短かった。ために人々は夏に精を出して働き、冬には体を労《いたわ》ることができた。

そのことに、いったい何の不都合があるというのであろうか。

「号砲、一ミニウト前」

それぞれの持ち場で姿勢を正したまま、部下たちが復唱する。

一ミニウト。二十四時に分かたれた一アウワーズの、その六十分の一。

古来の和時計には、十二辰刻《とき》を表す短針の一本があるばかりであった。むろんその時計すらも、格別の利器ではなかった。人は空を見上げ、影を見おろして時を知った。日々の勤めも、他人との待合いも、だいたいの時刻でかまわず、遅刻を咎《とが》めだてする者などいなかった。

時計の針が二本になれば、待人は苛立つ。いずれ来るであろう人をぼんやりと待つ、あの真綿のような時間は永久に喪《うしな》われてしまう。

「号砲、三十セカンド前」

一セカンド。二十四時に分かたれた一アウワーズの、その六十分の一の一ミニウトの、さらなる六十分の一。

一瞬を規制してまで戦をすることに、いったい何の意味があるのか。それはただ、対する敵を同じ人間だと思わせぬための手だてではないのか。一セカンドの瞬間には、人の情のつけ入るすきがないから。命乞いをする間も、情をかける間もないから。

「号砲、二十セカンド前」

時に追われれば、職人はろくな仕事をするまい。手間ひまを十分にかけた、美しいものはみななくなる。

「号砲、撃ち方用意。十セカンド前」

こうして人々に正しい時を知らせることによって、自分はゆるやかな時の流れに任せた、この国のうるわしいものを、壊し続けているのだと彦蔵は思った。

「九、八、七、六――」

国元でののどかな日々の暮らしが瞼の裏を過ぎる。お殿様は時に追われてすべてを喪い、妻も時間の濁流に呑まれてしまった。

「五、四、三、二、一、撃《て》えっ！」

二十四斤加農砲が大地を揺るがす。彦蔵は目に見えぬ砲弾が、正確に母なる国の未来を狙い撃ったように思った。

土江彦蔵がお殿様から意外なお叱言《こごと》をちょうだいしたのは、その晩のことである。

「土江。今宵ばかりはそちを叱らねばならぬ。心して聞け」

酌をする手を止めて、彦蔵は背筋を伸ばした。

ひとけの絶えた下屋敷の天井を、鼠が走り回る。曠れた庭に風が鳴っていた。燗酒《かんざけ》を持って入ってきた長三郎が去るのを待って、殿様はまっすぐに彦蔵の目を見た。

「本日の号砲は、二十セカンド遅れておったぞ」

「何と。そのようなこと、あるはずはございませぬ」

「いや、たしかに遅れた。実は前々から気付いておったのじゃが、そちの号砲はきょうばかりでなく、毎日二十セカンドも遅れておる」

そんなはずはない。天守台下の砲座では、数ミニウト前から声に出して時刻を読んでいる。

「殿のお時計が進んでおるのではございませぬか」

「無礼を申すな。予の時計は、ほれ――フランス国はブレゲエなる名工の手になる逸品じゃ。かつてはルイ王も、マリー・アントワネット王妃も愛用したという名品にて、精度は比類がない」

殿様は自慢の金時計を蠟燭《ろうそく》の灯に晒《さら》した。その時計の正確さは彦蔵も知っている。時おり朝の挨拶がてら二人は時計合わせをするのだが、数日の間を置いても殿様の時計には一セカンドのくるいもなかった。すなわち、殿様のブレゲエは近衛陣営の標準時刻と、常に一セカンドの誤差もなく動いていることになる。

「実は本日の昼どき、予はたまたま大川土手を散策しておったのじゃ。ふと時計を見ると十二時の少し前での。きょうこそはそちの仕事を聞き極めてやろうと、耳を澄ませておった。するとどうじゃ、たしかに二十セカンド遅れで、ドンと鳴った」

「ご無礼ながら、お時計を拝見つかまつりまする」

彦蔵は殿様のブレゲエとおのれの将校用時計を見比べた。精巧きわまりない二つの時計は、一セカンドもたがわずに動いている。

「どうじゃ、土江。そちの号砲が二十セカンド遅れたとしか考えられまい」

「しかし、陣営からは何の咎めもござりませぬ」

殿様は怜悧《れいり》な感じのする細面の顔を、ふいにほころばせて笑った。

「まあよい。おそらく東京市中には、西洋定時をあざわらう魔物が住んでおるのであろうよ——ときに、土江」

ひやりとして、彦蔵は殿様を見つめた。何か言い出しづらいことを口にするとき、殿様は必ず心の和むような座興から始める。そんな殿様の癖のいちいちまで、彦蔵は知りつくしていた。

「この夏に、ロラン大尉はフランスへとお帰りになる」

「存じておりまする」

「予を誘うてくれておるのじゃがの」

それこそ二十セカンドばかり考えてから、彦蔵は盃をくつがえして仰天した。

「何と。殿が洋行なされますのか」

「ふむ。よい機会じゃと思うての。すでに毛利ご本家にはお伺いをたてた。二つ返事で行ってこいとは、いかにも厄介払いのような言いぐさであったが」

「勝手を申されますな」

怒りにかられて、彦蔵は声をあららげた。主君を怒鳴りつけるなど、むろん初めてである。しかし無礼をたしなめようともせず、殿様は言い返した。

「勝手ついでに今ひとつ。外国での独り暮らしは心許ない。長三郎に伴をさせるつもりじゃ」

「何を申されます、わがままもたいがいになされよ。わしは——」

わしは家来衆の不忠を、わが身ひとつに背負い申した——という声を、彦蔵はかろうじて嚙み潰した。

「わかっておる。そちの申したいことは、みなわかっておる」

殿様は唇を慄《ふる》わせて言った。それから、ふいに膳を脇に押しやると、白くたおやかな両の掌を畳について、彦蔵の膝元に頭《こうべ》を垂れた。

「天下人を祖と仰ぐ木下の家に生れ、また毛利の家に貰われた予は、そちの忠義に報《むく》ゆることができぬ。そちが忠心ゆえに去らぬと申すなら、予がそちから去らねばならぬ」

お殿様は泣いていた。答えることも諫めることもできずに、彦蔵は膝立ったまま拳を握りしめた。

「予は、長三郎を実の弟と思うてフランスに伴う。ロラン大尉の伝を頼って、必ずや立派に西洋の学問を修めさせる。予が長三郎を伴うのではなく、長三郎に予が伴うてフランスに向かう。どうかどうか、そちの忠義に報わせてたもれ。御身ばかりか、妻も子もお家に捧げたそちのごとき忠臣を、このままないがしろにしたとあっては、冥府にて豊太閤殿下にまみゆる顔がないのじゃ。どうかどうか、この修理大夫の金輪際《こんりんざい》のわがままと思うて、お聞き届け下され」

主君の涙声に涙で応えながら、彦蔵はひとつのことだけを考え続けていた。

自分はけっして逃げ遅れたわけではなかったのだ。毛利の血筋ではないという理由だけで、新政府の役人たちも旧来の家来衆もみな殿様を軽んじたが、このお方はやはり天下人の裔《すえ》だった。

「遅刻じゃ、遅刻じゃ、しっかり走らんか、この老いぼれめ」

彦蔵は息の上がった老馬を急《せ》かした。陣営の門前で仁王立ちに懐中時計を睨みながら、若い将校が手を挙げる。

「遅刻も遅刻、三十ミニウトの大遅刻ですぞ。お急ぎなされっ」

西洋定時の通りにせわしなく駆け昇った真夏の太陽が、赤煉瓦の近衛陣営を灼《や》いている。

まさか名誉の負傷が物を言ったわけではあるまいが、内藤は藩閥外の将校としては異例の若さで、この春に中尉に昇進した。同時に歩兵から砲兵に転属したのは、有馬大隊長のたっての希望であったという。

「お殿様の荷造りに手間取ってな。まあ、言いわけにはなるまいが」

「きょうが何の日かご存じでしたか」

「ロラン大尉殿の壮行式典じゃろう。殿様がご一緒するのだから、忘れようもないわ」

「大隊長殿が、土江中尉が来るまで式典は始めぬと。おかげで兵卒はみな営庭に整列したまま、三十ミニウトも立たされております」

風の通らぬ営庭で陽光に灼かれている兵たちには申しわけないが、べつだん自分が式典に重要なわけではあるまい。有馬大隊長はまことに根気よく、彦蔵の遅刻癖を改めさせようとしている。説諭するばかりではなく、けっして看過しない。

「ロラン大尉殿は仕事納めだが、土江中尉は遅刻納めだからと申されて、壇上にじっと立っておられます」

馬を衛兵に任せ、煉瓦のアーチをくぐって営庭に駆けこむと、サーベルを杖にして兵卒を睥睨《へいげい》する有馬少佐の姿が見えた。

彦蔵は住まう理由のなくなった向島の下屋敷を出て、明日からは営内に居住する。起床ラッパで叩き起こされるのだから、遅刻のしようもなくなる。

彦蔵が第三中隊の先頭に立つのを待って、先任副官が号令をかけた。

「気を付けっ。これより近衛砲兵第一大隊付教官、ロラン大尉殿の帰国壮行式をとり行う。大隊長殿に対し敬礼、頭ァ、中っ」

休め、と言ったあとで、有馬大隊長は唐突に妙な訓辞を始めた。

「ええ、式典に先立ち、昨夕兵部省より近衛兵営に対し通達せられた重要事項を伝える。時限の軍務に関係するや容易ならず、本官の達するところよく肝に銘じておけ――まず、本日を以てわが近衛将兵は、昼の十二時を正午と称す。午《うま》の刻の正中にして、すなわち正午である。によって、正午より以前を午前と称し、以後を午後と称す。現在時の七アワーズ三十五ミニウト三十セカンドは、午前七時三十五分三十秒にて、今後は全将兵すべからくそのように呼称すべし。詳細については各小隊長を通じ、座学の折に教育せしめんとす。以上」

彦蔵は嬉しくなった。笑ってはならぬと思うそばから唇が緩む。ミニウトやセカンドにかわって日本語が使われるのも嬉しい限りだが、何よりも長く親しんだ「午の刻」が、この先のおのれの生活の中に生き残ることが有難かった。

大隊長は壇上から隊列を見渡し、彦蔵と目が合うと小声で付け足した。

「そげんこつじゃでん、おまんさの撃つ昼の号砲も、今後は午砲ちゅうこつでよかろう。午の刻に撃つ砲じゃから、午砲じゃ」

大隊長の薩摩弁などわかるはずもあるまいに、参謀たちの最右翼に立つロラン大尉は、彦蔵に向けて碧眼《へきがん》の片方をつむった。

「江戸者《もん》は軟弱怯懦《きょうだ》の輩《やから》だち思うちょったが、どうしてどうして、こげん花火ば見せられては、無理に攻め取らんでよかったち」

本丸の天守台から望む花火を肴にして、大隊長は逆手徳利を呷《あお》る。

かたわらの草むらに大胡座《おおあぐら》をかいて、旧幕臣の内藤中尉が自慢げに軍服の胸をそらす。

「お言葉ではありますが大隊長殿。日本男子に軟弱怯懦の者などひとりもおりませぬ。いかがです。花火の見どころは、華やかに打ち上がってのちの、その消え口の潔さ。まこと男気そのものであります」

花火などは江戸者の座興だという大隊長を、内藤中尉が近衛陣営からひきずり出したのは、川開きの合図が轟《とどろ》き渡るたそがれどきであった。在営の将校たちはみな付き従い、しまいには酒保から一斗樽を積んだ大八車が追ってきた。

折よく風は凪《な》ぎ、夏雲のうっすらとかかる見頃の宵である。

「よもやとは思いますが、陣営に兵部省の巡察がくるということはありますまいな」

そう懸念する副官も相当に酒が回っている。

「なんのなんの。西郷《せご》どんじゃろうが大山どんじゃろうが、怒る前に週番士官がここにお連れもっす。そげんこつより——」

と、大隊長は徳利をくわえたまま、二の丸の木立ちを見返った。

「木々が邪魔ばしてご覧になれんち、聖上《おかみ》がこの天守台にお出ましになられたらどげんすっとか」

薄闇に高笑いが谺《こだま》する。べつの薩摩弁が間合よく言った。

「そげんときは、みなで腹ば切ればよかとでしょ」

彦蔵は石垣のきわに立って、かなたの夜空に打ち上がる花火を見つめていた。

そっと懐中時計の蓋を開ける。尺玉が打ち上がって、消し口も潔く花を閉じてから、少し遅れて音が届いた。

「おおい、土江中尉。おはん、酒も飲まずに何ばしちょると。長州の田舎侍には江戸の花火がよほど珍しかか」

そうではない。江戸詰であった若い時分から去年まで、大川の花火は向島の下屋敷で、誰よりも間近に眺めている。

かつては土手に御家紋の入った陣幕を張り、華やかな酒宴を催すのが、藩をあげての夏の行事であった。去年の花火は、お殿様と長三郎との三人きりで、下屋敷の縁側から眺めた。

やはり号砲はまちがってはいないのだ。お殿様のブレゲエも自分の懐中時計も、正しかったのだと彦蔵は思った。江戸城本丸から向島までの隔りを、砲音《つつおと》はあんがいのんびりと伝ってくるらしい。

「何ばしちょるか、土江」

千鳥足の大隊長に手元を覗きこまれて、土江はあわてて懐中時計の蓋を閉めた。

「おはんも、ぼちぼち西洋定時に馴れにゃいかんぞ。忙しか時間に大の男が支配されるち、不本意ではありもそが」

時が人間を支配するはずがない、と彦蔵は思う。時計はそれほど偉いものではあるまい。その証拠に、本丸と向島では実に二十秒もの時の誤差を生ずる。府下の人々がみな午砲に時計を合わせたなら、それぞれの時間はいいかげんなものになる。

彦蔵は眼下に拡がる東京の闇を見渡した。近ごろ普及し始めたガス灯の光が、往来の列となり屋敷町の塊となって、蛍火のように青く輝いていた。大川の流れ入る東京湾には、軍艦や貨物船の舷灯がちりばめられている。

自分は西洋定時法にとまどっていたのではない。人間が時に支配されるのではなく、時に支配されてはならぬ人間でありたいと考えただけであった。そしてとにもかくにも遅刻を続けながら、人間としての使命は全うした。

「ようやったぞ、土江。おまんさは、おいどんなぞ束になってかかってもかなわん、あっぱれな侍だち」

大隊長の囁きを、彦蔵は幻の声のように耳元で聴いた。

内藤中尉が立ち上がって言う。

「ときに、土江中尉。ロラン大尉殿と修理大夫様の船は、今ごろどのあたりを回航しているのでしょうか」

洋行帰りの副官が彦蔵にかわって答えた。

「インド洋をのんびりと」

生きて再び会えぬかもしれぬ伜の顔が瞼をよぎって、彦蔵は唇を嚙みしめた。親に似ずうらなりの長三郎は、異国の土となるかもしれぬ。いやそれよりも、明治の曠野《あれの》を先駆ける近衛兵たちが、この先に待ち受けるであろう数々の戦に、生き残れるはずはあるまい。

「チェスト、馬引け！」

ふいに大隊長が、天守台下の従兵に向かって叫んだ。

「お帰りですか、大隊長殿」

「いんや。おまんさの顔ば見ちょったら、じっとしておられんようになった。二十四斤ばぶちかまして、倅どんの餞《はなむけ》にしちゃる」

言うが早いか、チェスト、チェスト、と意味不明の濁声《だみごえ》を上げながら、大隊長は天守台を駆け下りた。

酔いどれの将校たちがあとに続く。大隊長の奇行を諫める者はいなかった。

「お待ち下され、そのようなことをなさったら、それこそ腹切りですぞ」

人々に追いすがって彦蔵は叫んだ。

「なんのなんの、鳥羽伏見から箱館まで、四斤野砲ば牽いて戦《ゆ》っさばしたおいに、腹ば切らせる偉か者がどこにおるち」

将校たちは吶喊の雄叫びを上げて、荒れ果てた本丸の草原を走り出した。先駆ける馬上に、大隊長のサーベルが輝く。

「二十四斤加農砲、撃ち方用意。号砲、三十秒前！」

遅刻じゃ。若者たちの足にはとうていついていけぬ。

巨大な加農砲の砲座に、近衛将校たちの赤い軍袴が群らがる。遅れてはならぬと急ぐそばから、生い立つ草に軍靴をとられて、彦蔵は前のめりに転んだ。

尺玉の連発がいっせいに夜空を彩る。

「十秒前、九、八、七、六――」

なるほど、この瞬間に発射すれば、時ならぬ号砲も花火の音にまぎれてしまうだろう。愕《おどろ》かれるのは、二の丸におわす聖上《おかみ》おひとりだけだ。

「五、四、三、二、一――」

軍服の胸の懐中時計を握りしめ、彦蔵は将校たちの喚声に老いた声を合わせた。

願わくばこの餞《はなむけ》の砲音《つつおと》が、遥かな海まで届きますよう。

「撃《て》エー！」

湾《いりうみ》の雲居の月めがけて、二十四斤の砲口が火を噴いた。

柘榴坂《ざくろざか》の仇討《あだうち》

破れ長屋の寝床にすきま風の辛い時節になると、志村金吾《しむらきんご》は毎夜のように同じ夢を見る。

夢というよりも、忘れがたい記憶である。隣の大工が侍のなりで紛れこんでいたり、掛け取りの小僧が挟箱《はさみばこ》を担いだ小者であったりするのは夢のご愛嬌だが、筋書きのあらましは、あの日のままであった。

三月三日は上巳《じょうし》の節句で、掃部《かもん》頭様は五つ半に六十人の供揃えでご登城になった。譜代三十五万石御大老ともなれば、毎朝の登城も小大名の参府行列に等しい。

腕に覚えのある金吾は御駕籠《おかご》回りの近習《きんじゅう》を務めていた。だからその朝、御玄関の敷台に立たれて、時ならぬ綿雪に驚かれた掃部頭様のお顔もよく覚えている。

安政七年の話であるから、むろん旧《ふる》い暦でいう三月三日である。昨年の暮に突然改められた西洋暦に直せば、おそらく三月も末ということになるであろう。お殿様ならずとも誰もが起き抜けたとたんに驚いた、春の大雪であった。

ちなみに出立《しゅったつ》の五つ半は、いっこうに馴染《なじ》めぬ明治の時刻でいえば午前九時である。その三十分ほど前に物頭《ものがしら》様から下知《げじ》があって、供の者はみな雨仕度を整えた。たしかに春の綿雪は足元を泥濘《ぬか》るませており、衣服はたちまち濡れそぼった。

羽織の上に桐油塗の雨合羽を着こんだ。刀の柄《つか》にも桐油を引いた柄袋を被せた。中間小者《ちゅうげんこもの》と駕籠担ぎの御陸尺《おろくしゃく》のほかは、供侍のすべてが同じ出で立ちであった。

彦根藩上屋敷は桜田御門からほんの目と鼻の先である。御門前が出羽米沢《よねざわ》藩上杉弾正大弼《だんじょうだいひつ》様と豊後杵築《ぶんごきつき》藩松平中務大輔《なかつかさたいふ》様の上屋敷で、その西隣にはもう、彦根屋敷の海鼠《なまこ》壁が長く続いていた。

行列が屋敷門を出たときには、その目と鼻の先の桜田御門も紗《しゃ》に隠れてしまうほどの降りになっていた。

夢の中で志村金吾は、掃部頭様の御駕籠に寄り添うて歩く。緩い下り坂は桜田濠をめぐって御門へと続いている。

歩きながら供侍たちに、異変が迫っていることを報《しら》せようとする。しかし声は出ない。

重く硬い合羽を脱がねば戦えぬ。柄袋もはずさなければ。しかし手指は動かせず、ただ足だけがまっすぐに桜田御門へと向かって行く。

御門外の土手には、十八人の刺客が刀を抜き、身をひそめているはずだ。供侍たちは誰ひとりとして危機を感じてはいない。彦根屋敷から桜田御門まではあまりにも近く、しかもその道筋の半ばは広大な屋敷の長屋塀に沿うていた。異変を察知すれば百人の藩士が刀を執って駆けつける。

いわば藩邸と御城内が御廊下で結ばれているかのような錯覚を、誰もが抱いていた。だからこそ物頭様は、刀に柄袋をかけよと命じた。登城後の供侍たちの体裁を慮《おもんぱか》って、雨合羽を着用せよと言った。

金吾の声を封じ、体を縛《いまし》めたまま、夢の中の行列は進む。これは夢だ、十三年も昔の出来事が夢となっているだけだと、金吾はおのれに言いきかせる。

桜田門前の杵築屋敷の角に、ひとりの侍が佇《たたず》んで行列を見送っていた。

あの日も、その男には気付いたのだが、登城前に雪模様を眺める杵築藩の者だとばかり思った。

御駕籠が行き過ぎるとき、侍は塀際まで後ずさって、番傘をさしたまま腰を屈《かが》めた。降りしきる雪の中であるから、そのしぐさをとりたてて無礼だとは思わなかった。金吾は侍が手にした冊子に目を留めた。

なぜその瞬間に、不審を感じなかったのだろう。冊子は大名旗本の名簿とでもいうべき武鑑であった。雪降るさなか、御家紋を書き並べた冊子を路上で見ているなど、よほど不審な侍にちがいなかった。そうして間近から御駕籠に描かれた彦根 橘《たちばな》の紋所を武鑑に照合し、これこそ井伊掃部頭直弼《かもんのかみなおすけ》の行列だと確信したのちに、雪を拭うしぐさで傘を振った。

行列は御門前に迫っていた。そのとき、ひとりの侍が土手下から躍り出て、行列の行手の泥濘《でいねい》にやおら土下座をした。侍は訴状らしきものを突き出して叫んだ。

「ご無礼つかまつる。御大老様に直々《じきじき》の訴え事でござる。なにとぞお納め下され」

行列は止まった。この期《ご》に及んでも、供侍たちは危機を感じていなかった。

「何ごとじゃ」

御駕籠の中で掃部《かもん》頭様はお訊ねになった。

「直訴状のようでござりまする」

金吾は片膝を折って答えた。

「手荒なまねはいたすな。訴え人は御門番に引き渡し、訴状はこれに持て。かりそめにも命をかけたる訴えじゃ、おろそかに扱うではないぞ」

金吾は御駕籠を離れて、行列の先頭へと向かった。

「訴状はご嘉納になられる。訴え人は神妙にいたせ」

そう声をかけたとたん、侍はふいに立ち上がって抜きがけに金吾の菅笠《すげがさ》を払った。そして返す刀で槍持の小者を斬り捨てると、武門の徽《しるし》である長槍を奪い取ったのだった。

「御槍じゃ、御槍を取り返せ」

侍は長槍を担いだまま、刀を振り回す。柄袋がはずせずに、金吾は脇差《わきざし》を抜いて挑みかかった。

激しく斬り立てながら、ようやく土手際に侍を追い詰めたとき、背後で喚声が上がった。

ぎょっと振り返った金吾の目に、手薄になった御駕籠に殺到する刺客の群が映った。近習の侍たちはみな先頭の騒動に駆けつけており、御駕籠の周りには丸腰の御陸尺がいるだけだった。

「井伊掃部頭直弼、討ち取ったり」

押し寄せる刺客たちと脇差で斬り結びながら、金吾は騒擾《そうじょう》の中ではっきりとその声を聴いた。

力が抜けてしまった。供侍たちは不自由な合羽を着たまま、刀を抜き合わすこともできずに斬り倒されていった。

降りしきる綿雪にまみれて、夢の中の金吾はぼんやりと修羅場を眺めている。まるで合戦屏風《びょうぶ》のような騒動のただなかにいながら、敵は誰も打ちかかってはこず、金吾も斬りかかる気にはなれない。

脇差を握った手をだらりと垂らしたまま、やがて腰が摧《くだ》け、金吾は水溜りに両膝をついた。

御殿様が討ち取られてしまった。御首が胴から離れてしまった。御駕籠回りの近習として、その事実の前にはもはや戦う理由がなく、金吾の魂は天に飛んでしまっていたのだった。

志村金吾は煎餅蒲団《せんべいぶとん》を蹴上げて跳ね起きた。破れ障子の外は薄墨色の夜明け前である。

「セツ――」

かたわらに眠る妻の名を小さく呼ぶ。目覚めぬとわかると、金吾は蹴上げた蒲団を繭《まゆ》のようにちぢこまった妻の体に重ねた。

かつては七十石取りの藩士の妻女が、四十にもなって場末の酌婦に落魄《らくはく》した。いかに食うためとはいえ、こうまでせねばならぬ人生は世に二つとなかろうと思う。

そう、食うためだけの人生なら、まずおのれが働く。俥《くるま》引きでも人足でも、女房を酌婦にするよりはよほどましであろう。

金吾は台所に立つと、薄闇に手鏡をかざして髭《ひげ》を当たった。髷《まげ》を落として散《ざん》切頭《ぎりあたま》になると、無精髭が気になってならない。

その髭にも散切頭にも、めっきりと白いものが目立つようになった。思えば四十一のこの齢《とし》には、父は家督を倅《せがれ》に譲って国元に帰っていた。手鏡に映る顔は、あのころの父よりもずっと老けこんでいる。

志村家は代々、江戸詰の御納戸方《おなんどがた》を務めていた。七十石の小禄はそのお役目の扶持米である。

南八丁堀の彦根藩蔵屋敷の長屋に生まれ育った金吾は、父に似ず撃剣が得意で、長じては心形刀流伊庭《しんぎょうとうりゅういば》道場の目録を授かるまでに練達した。その腕前を見込まれて御近習役に推挙されたとき、父はこの機をのがさじと家督を金吾に譲ったのだった。志村家がうだつの上がらぬ御納戸方から、君側の寵臣《ちょうしん》に立身する好機であった。

かくて七十石の御禄はとりあえず従前通りであったが、志村家は大いに加増出世の見込みがある御駕籠回り近習役となった。

——髭をていねいに当たりおえると、金吾は竈《かまど》の熾《おき》を搔き起こして湯を沸かす。大根菜を刻み、妻が毎夜もらってくる酒場の余り飯で粥《かゆ》を炊く。

藩財政も厳しい幕末のころ、父子揃っての出役《しゅつやく》など叶うはずはなかった。つまり金吾が御近習に取り立てられるのなら、父は家督を譲って隠居するほかはなかった。

家運隆盛を希うのなら当然、二十歳になった金吾が当主となるべきであった。彦根の徒士《かち》の家からあわただしく嫁を迎えて、金吾は桜田御門外の上屋敷詰となり、父母は彦根の国元に帰った。

おのれの強運を、二十歳の金吾は信じていた。江戸詰の若侍たちの中には、目録者どころか免許皆伝のつわものも大勢いるのに、その年は金吾ひとりが御近習に推挙された。理由は自明であった。鏡心明智流《きょうしんめいちりゅう》の士学館には土佐藩士が多く、神道無念流の練兵館には長州人が多く通っていた。幕府御大老を務める井伊家の御近習が、長州土佐の侍と交誼《こうぎ》があったのでは好ましくない。ましてや大道場の北辰一刀流玄武館は、掃部頭《かもん》様とは犬猿の仲である水戸藩士の巣窟であった。

金吾が伊庭道場に学んだのは、御蔵屋敷から通い勝手が良いというほかに何の理由もなかったのだが、幕臣の子弟ばかりが通う伊庭の門下ならば交遊に疑念がなかった。そうした経緯から藩主の近習に推された金吾は、たしかに強運である。

――夜が明けそめたころ、路地の空が低く唸り始めた。粥を炊きながらよもやと思って戸を開けると、鈍色《にびいろ》の空から小雪が舞い落ちていた。雪は金吾を冥《くら》くさせる。

粥を椀に盛り、妻を目覚めさせぬよう足を忍ばせて、座敷の隅に置かれた父母の位牌に供える。声に出さずに、心経《しんぎょう》と観音経を唱える。

あの朝、御駕籠回り近習は左右の二名であった。左側を警護していた同輩は斬り死にした。手傷も負わず、御駕籠を離れた雪の中に呆然と蹲《うずくま》っていた金吾の罪は重かった。

詮議の声が甦る。

（もはや切腹など許されぬぞ。父が腹を切り、母者までもが咽《のど》を突いたるは、汝《うぬ》が身替わりじゃ。御禄召上げのうえ放逐の議は、父母の衷情に免じて、御禄預りとする。罪を雪《すす》ぎたくば、騒動に関りたる水戸者の首級《しるし》のひとつも挙げて、

掃部頭様の御墓前にお供えせよ。　汝の腕前をもってすれば、さほど難しいことではあるまい）

たしかに、さほど難しいことだとは思えなかった。国元の父母が責めを負って自害したと報されたとき、おのれのとるべき道は仇討のほかはないと悟ってもいた。だから金吾は、詮議のあったその夜のうちに上屋敷の長屋を出た。

せめてあのとき、妻は国元に帰すべきだったと思う。しかし、舅姑《しゅうとしゅうとめ》が後事を托して命を絶った彦根の城下に、妻が戻れるはずはなかった。子がないことも、実家の敷居を高くしていた。

江戸市中にいったん身を潜ませて刺客一味を探索し、どれかひとつの首を取れば良い。けっして難しいことではあるまい。

しかし本懐を遂げぬままに時は移ろい、幕府は倒れて明治の御世がやってきた。新暦の年も明けた明治六年、算《かぞ》えればあの雪の日から、十三年の歳月が過ぎようとしている。

位牌に向き合ったままぼそぼそと粥を食い、妻を起こさぬよう出仕度を整えて、志村金吾は浅草清島町の長屋を出た。昔ながらの二本差しではあるが、散切頭と単衣羽織《ひとえばおり》は寒々しい。
長屋の戸を閉めてから、金吾はこらえていたくしゃみをした。

小雪の舞う二月七日の朝、秋元和衛《あきもとかずえ》は芝愛宕下《しばあたごした》の官舎に客の来訪を待っていた。

司法省の御役は昨年を限りに退いたが、非職警部といういわば非常勤の肩書を頂戴して相も変わらぬ官舎住まいである。このさき何のお勤めができるわけもない五十翁にも従前の半給が支払われるとは、新政府もなかなか肚《はら》が太い。

もっとも、たった三年足らずの出仕に法外の恩典が付いたわけではない。長らく旧幕府の評定所御留役《おとめやく》を務めた秋元は、いまだに江戸の右も左もわからぬ薩長高官たちの知恵袋だった。

かつては三百石の御旗本である。牛込の屋敷も上地《じょうち》されてしまったのだから、住まう家と捨て扶持ぐらいは、貰ったところで罰は当たるまい。

「早朝よりごめん下さりませ。志村でござりまする」

路地に大時代な志村金吾の挨拶が聞こえた。

「おう。こちらにお回りなされ」

障子から顔をつき出して、来客を縁先に手招く。増上寺の寺侍の住居であったという官舎は、牛込の屋敷とは比ぶるべくもないが、老夫婦の隠居所と思えばころあいである。

「手元不如意にて、ろくな手土産もござりませぬが」

金吾は縁先で単衣羽織の袂を探り、手拭にくるんだ鶏卵を二つ、敷居に並べた。

「なになに、侍はみな手元不如意じゃて。要らぬ気を遣うてはならぬ」

「面倒なお頼み事をしながら、面目次第もござりませぬ。ご寛恕下され」

不器用だが誠実な男である。かつて伊庭道場の門弟であった部下の紹介だが、何の義理もない金吾の依頼事を聞くうちに、秋元はひどく心を動かされたのだった。

御一新以来、世の中のすべては変わってしまったが、その侍の上にだけは時が止まっているように思えた。世の移ろいとともに人はみな変節している。しかしこの男ばかりは髷を落としたことのほかに、何ひとつとして変わってはいない。

金吾が火鉢を挟んで座ると、秋元は茶も待たずに巡査手帳を開いた。

「なにぶん十三年も昔のことゆえ大方は忘れておるが、旧評定所の書き付けを調べてみた」

「畏《おそ》れ入りまする」

その長い間、金吾は主君の仇を探し続けていたにちがいなかった。さぞかし難事であったろうと思う。

桜田騒動の後、幕閣は攘夷の世論に阿《おもね》るように、あろうことか彦根藩を十万石の減封に処した。対する水戸藩は、下手人たちがすべて脱藩者であったことから何の咎《とが》めも受けなかった。その裁きを考えれば、赤穂義士の故事を引くまでもなく、彦根の仇討がなかったのは士道に悖《もと》ると思える。

騒動以来、世が混乱して仇討どころではなかった、というところであろうか。

鳥羽伏見の戦で彦根が早々と薩長の側に立ち、二百七十年来の主家というべき徳川に弓を引いたのは、藩を挙げての仇討ともとれる。将軍慶喜《よしのぶ》は水戸の出であり、烈公斉昭《なりあき》の実子であった。

しかし、そうした大きな世の流れをよそに、金吾はその間にも江戸市中に身を潜めて、主君の仇を探し続けていたのだ。

「刺客十八名中、水府脱藩が十七名、薩摩脱藩が一名――」

「はい。それは存じております。その者たちの消息をお訊ねいたします」

「評定所記録によれば、現場での斬死が一名」

「何と――」

一瞬、金吾の顔色が変わった。どうやら騒動の渦中にありながら、その結末は何も知らぬらしい。おそらく仇討を決して主家を離れて以来、同輩たちとの交わりも断ったのであろう。

「たった一名でござりまするか」

「さよう。彦根は六十名の供侍を備えながら、わずか十八名の刺客にさんざ斬り立てられ、あげくに主君の首級を挙げられたことになる。士道不覚悟と譏《そし》られても、いたしかたあるまい」

まるで昨日の無念を思い起こすように、金吾は破れ袴の膝を握りしめた。

「次に、騒動後の自刃が四名。その者たちは本懐を遂げたうえはこの世に思い遺すこととなしとして、ただちに腹を屠《ほふ》った。おぬしが斬死を一名と聞いて愕《おどろ》いたわけは、その場にて自刃した刺客どもを斬死と思うておったからじゃろう」

痩《や》せこけた顔を俯《うつむ》けたまま、金吾はいくども肯《うなず》いた。

「まあ、不意のことゆえ、うろたえておったのも無理はないが」

「お言葉ではござりまするが秋元様。うろたえるなどという気分は、とうに過ぎておりました」

「ほう。ならば、どのような気分であったかの」

「言うなれば、夢を見ているような」

御駕籠回りの近習としては、あるまじきことであろう。しかし、綿雪の降りしきる桜田御門で突如目前に現われた光景は、たしかに悪夢であったにちがいない。

「次に、自訴したる者が八名」

「自訴、とは」

「御門の現場からさほど遠くない熊本藩邸に四名、汐留《しおどめ》の脇坂淡路守邸に四名、下手人を名乗って自首した。あらかじめ申し合わせていたわけではあるまい。

逃げる道々、話し合うてそのようにしたのであろうよ」

かつての熊本藩邸は現場からさほど遠くはないが、播磨龍野《はりまたつの》藩脇坂邸はちょうど昨年開通した鉄道の新橋ステーションのあたりである。そこに自訴した四人は、長い雪道を走ったあげく、逃げるに逃げきれぬと覚悟を決めて、脇坂邸の門を叩いたのであろう。


「実はわしも、その者たちの吟味には立ち会うた」

金吾が眉をひそめた。記憶に残る下手人たちの姿を、ありのままに伝えるべきかどうか、秋元は迷った。私欲のいささかも持たぬ彼らは、暗殺という手段はともかくとして、国を憂うる士にはちがいなかった。

「いかようでござりましたか」

嘘は言えぬ。

「まことに神妙であった。みながみな、申すところに少しの齟齬《そご》もなく、誅殺の理由を陳述した。隠すところは何ひとつとしてなかった。しかる後に、みな堂々と調書に拇印《ぼいん》を捺《お》した」

はたして金吾は、腕組みをしてしばらく考えるふうをした。主君を誅された彦根藩士からすれば、下手人は不倶戴天の悪党でなければならぬ。ましてや父母が責めを負って死に、おのれは十三年もの間仇を探しあぐねている金吾の胸の中では、彼らに毛ほどの正義もあってはならなかった。

語るべきではなかったと、秋元は悔いた。

折よく家人が茶を運んできた。次第を聞かせてある妻は、ちらりと金吾の横顔を窺《うかが》った。

「難儀なことにござりまするな」

急須を傾けながら、妻はいきなり刃《やいば》を抜くように言った。

「おなごが口をさし挟むではない」

秋元がたしなめても、近ごろ妙に強気の妻は怯《ひる》まない。

「ご迷惑をおかけいたしまする」

金吾は妻に頭を下げた。

「そのお言葉、奥方に申されませ。難儀はあなたさまではなく、ましてや拙宅の主人ではなく、奥方でございましょう」

きっぱりと言って、妻は座敷を去った。残された二人はひどく気まずい思いで、しばらく茶を啜《すす》った。

「まあ、わしも家内には苦労をかけた。おぬしの困難とは比ぶるべくもなかろうが、三百石の旗本が禄も家屋敷も奪われ、薩長の狗《いぬ》になりさがってしもうたのじゃからの」

愚痴《ぐち》はよそうと秋元は思った。みなそれぞれに苦労はしたが、とにもかくにも時代の垣根は越えた。しかし、この侍だけは踏み越えることも跳び越えることもできず、いまだ垣根の向こう側に佇んでいるのだから。

「どこまで話したかの」

「斬死が一名、自刃が四名、自訴が八名――」

「さよう。自訴の者はみな切腹となった」

「存じております。しかるに、なにゆえ断首ではないのでござりまするか。御公儀評定所のお裁きとしては、まことに解《げ》せませぬ」

議論はあった。侍にとって、切腹と断首とでは天と地のちがいがある。正しくは死罪とは断首のことであり、切腹は死を賜わるのである。

国を憂うる者の無私の心情を、おろそかにしてはならぬ。それを踏みにじって断罪を下せば、命をかけて国を憂うる者がいなくなる。

「幕閣のお裁きは甚だ公平を欠きまする。志はどうあれ、御大老を誅した者どもに切腹を申しつけるなどと」

裁きには井伊直弼なきあとの政治的なかけひきが、たしかに働いていたと思う。大老が死ねば彦根はただの大名家にすぎぬが、水戸の烈公斉昭には隠然たる権威があった。ましてやその子の慶喜がいずれ幕政を掌握するのは目に見えていた。

しかし、この一途《いちず》な侍にそのようなことを説いても始まらぬ。

「水戸の者どもは、国士であった」

「何を申されまするか、秋元様」

とっさに金吾の腰が浮いた。

「掃部《かもん》頭様はさる安政の大獄で、国を憂うる多くの者たちを断首なされた。あのご裁可こそ、誤りである」

金吾の左手がかたわらの刀を摑んだ。斬られてもよかろう。自分は彦根にと

って は忿懣《ふんまん》やるかたない裁可を下した評定衆のひとりであったのだから、仇討といえばそうにはちがいない。

「斬るか」

「いえ」

息をついて、金吾は腰を沈めた。

「話が脇道に外《そ》れ申した。続きを」

「どこまで話したかの」

「斬死、自刃、自訴、つごう十三名にて、そのほかの者どもの消息をお訊ねしたい」

「逃亡した」

金吾の表情に光明がさした。

「卑怯《ひきょう》な」

そう断ずるのはいかがなものであろう。逃亡した五名の刺客も、私心なき国士であったはずである。

秋元の胸にふと、あの雪の日の冷ややかな空気が思い起こされた。

目を落とせば、さりげなく記述された巡査手帳の文字から、あの日の若侍たちの姿が浮かび上がってきた。

騒動の後のそれぞれの身の振り方などは、申し合わせていたはずがなかった。本懐を遂げたのちに、志士たちの世界はないからである。彼らにとっては、生も死も、どうでも良いものであった。

そのような究極の執着《しゅうじゃく》の中で、ある者は斬り死にし、ある者は自刃し、またある者は自訴をした。たまさか逃亡した者が、卑怯者であろうはずはない。

「秋元様――」

顔をもたげると、金吾は真向から睨《にら》みつけていた。

「わざわざ使いを立ててそれがしをお呼びになったのは、その逃亡せる下手人の消息を、ご存じだからでございましょう」

部下に金吾を紹介されたのは、去年の夏である。しかるに半年もの間、何の沙汰《さた》もせず、急な使いを出して呼べば、そこまで考えて当然であろう。

数日前に、桜田騒動に関わったというひとりの男の消息を知った。水戸出身の巡査がたまたまめぐり合ったのだから、信ずるに足る情報である。しかし、それを金吾に伝えるべきかどうか、秋元は迷った。

「そなたの十三年に及ぶ雌伏《しふく》を思えば、請われて力を貸さぬわけには参らぬ。しかしいざ下手人を探り当ててみれば、その者もまた十三年の間、世に名乗ることもままならず、顔を晒《さら》すことすらできず、ひたすら雌伏しておったのじゃと、わしは知った」

「お言葉ながら――」

金吾は火鉢の脇に膝を進めた。本懐に手のかかった顔には、闘志が漲《みなぎ》っていた。

「その者の十三年は雌伏ではござるまい。雌伏とは他日を期しつつ困難に堪える謂《いい》でござろう。すなわち、期すべき未来などあるはずもないその者は、ただの逃亡者でござる。何を今さらお庇《かば》いになるのか」

どうすればこの気の毒な男を説得できるのであろう。

おのれの上にだけ時が止まっていることに、金吾は気付いていない。

「よいか、志村殿。彦根藩なるものは、もはやこの世にはないのだぞ」

「存じており申す」

「ならば、なにゆえ仇討にこだわる。家禄も旧に復するはずはなく、汚名が返上されるわけでもあるまい」

金吾はおし黙った。御一新の前ならいざ知らず、少くとも一昨年の廃藩置県からこのかたは、仇討をなさねばならぬ道理はなくなったはずである。

能面のように凍りついた金吾の顔に、瞬きも忘れたまま涙の零《こぼ》れ落ちるさまを、秋元はじっと見つめていた。

「秋元様が先ほどより水戸の者どもを国士と申されるは、それがしを説諭しておられたのですな」

「いかにも。私心なき者の罪を憎んではならぬ」

「さらば、お答えいたしまする。それがしにも私心はござらぬ。家禄の復旧も、汚名の返上も、それがしの胸にはあり申さぬ。それらはすべて打算でござろう。拙者は――」

声を詰まらせて、金吾はしばらく男泣きに泣いた。

「拙者は、掃部頭《かもん》様が好きでござりました。御先代の十四男という部屋住みのお立場から、幕府御大老までお昇りになられた掃部頭様が、たまらなく好きでござりました。だから、あの雪の騒動の折も——」

「言うな」と、秋元は遮《さえぎ》った。

夢を見ているような気分であったと、金吾は言った。心から敬い愛する人が命を奪われてしまうさまは、たしかに夢としか思えぬであろう。

「おぬしは、忠義者よの」

徳川は滅びるべくして滅びたのだと秋元は思った。旗本三百石の自分ですら、御禄を賜わることのほかには、主家に対する何の感慨もなく、ましてや慶喜将軍に対する何の感情も持たなかったのだから。

夜明け前に降り始めた雪は夕刻になっても已《や》まず、新橋の駅頭を真白に染めている。

これでは客を乗せても坂が登れぬと、車夫のあらかたは五時の汽車が着く前に引き揚げてしまった。

「俺っちもよしにすべえよ、直さん。梶棒をあおって客に怪我でもさせちまったら大ごとだぜ」

　俥溜りのガス灯の下で、直吉《なおきち》は新聞記事を読み耽《ふけ》っていた。仲間の声に、うわごとのような生返事を返す。

「直さんは、よくも難しい字が読めるな。もしや出は侍か」

「百姓だ」

「そうかよ。まあ、俺ァ俥引きの半ばは侍の出じゃねえかと睨んでいる。何たってお侍は体がいいからな。笠で顔を隠していれァ、知った者に見咎められる気遣いもねえしの」

「そうじゃあねえって」

「だったらどうして難しい新聞なんぞ読める」

「親が寺子屋に通わしてくれたんだ」

　直吉は新聞を飽かず眺めた。明治六年二月七日付の太政官布告である。見出しには大きく、「復讐は国禁――刑罰は国家の大権也」という活字が躍っている。

　人ヲ殺スハ国ノ大禁ニシテ、人ヲ殺ス者ヲ罰スルハ政府ノ公権ニ候処、古来ヨリ父兄ノ為ニ讐ヲ復スルヲ以テ、子弟ノ義務トナスノ風習アリ――。

つまるところ仇討は、私憤を以て殺人を犯し、本来国家が下すべき罰を私刑という形で実行するにすぎない。場合によっては仇討の名を借りて勝手に殺人を犯すこともある。今後、復讐は厳禁とし、不幸にして親を殺された者は、ただちにその事実を訴え出ること。旧来の慣習のままに仇討を果たした者は相当の罪に処するので、心得ちがいのないよう承知せよ――布告の内容はそうしたものであった。

直吉は梶棒に腰を預けたまま、昏《く》れなずむ雪空に向かって真白な息を吐いた。息を吐きつくすと、体がしぼんでしまったような気になった。

「俺にァどうしても解《げ》せねえんだが――」

饒舌《じょうぜつ》な車夫は直吉の顔を覗きこみながら言う。

「出が侍だか百姓だかはどうでもいいが、読み書きが達者で男っぷりもまんざらでもねえ直さんが、四十のその齢まで所帯も持たずにいるてえのは、どういうわけなんだえ」

「女もガキも好かねえ」

直吉は邪慳《じゃけん》に言った。

「まあ、わからんでもねえ。おめえさんの居ずまいはとうてい独り者には見えんしの。繕《つくろ》い物も煮炊きもお手のもんで、倅だってほれこの通り、まるで殿様の御駕籠みてえにぴかぴかだ」

悪意はあるまいが、物のたとえが気に障って、直吉は梶棒を上げた。

「汽車が着いたぜ」

「おうよ。坂道はご勘弁、上野なら広小路まで、品川に戻るんなら柘榴坂《ざくろざか》のとっつきまで、芝高輪《たかなわ》にァ、はなっから参りやせん」

「先に行け。俺ァ客を選ばねえ」

「あいよ、ならお先に」

梶棒を握ったまま、直吉はしばらく昏れなずむ雪空を見上げていた。一稼ぎしたなら、きょうは家《ヤサ》に帰って酒を飲もうと思った。大家の出戻り娘に干鰯《ひいわし》でも焼かせて、ガキを抱きながら所帯持ちの真似事でもしてみよう。

ガス灯の光が翳《かげ》って、散切頭に二本差しの男が直吉の前に立った。

「へい。どちらまで」

男は直吉の目をまっすぐに見つめている。

「べつだん行くあてはない」

「てえことは、雪見でござんすね。こいつァ二本差しのお侍さんにしちゃあ、まったく鯔背《いなせ》なお人だ」

柄《がら》に似合わぬ精いっぱいのお愛想を言って、羅紗《らしゃ》の膝掛けを手に取る。

「雪景色といえば、やはり桜田御門であろうな」

羅紗を摑んだまま、直吉の体は凍《こご》えついた。

「あいにく桜田濠の坂は登れやせん。勘弁しておくんなさんし」

「さようか。実はそれがしも、桜田御門の雪景色など見とうはない」

二度と見とうはない、というふうに直吉の耳には聞こえた。

ガス灯の日裏になった侍の顔は、輪廓しか見えなかった。しかし直吉の姿は光に晒されている。

「笠を上げてはもらえぬか」

その一言で、侍の正体は知れたようなものだった。

目深《まぶか》に冠った笠の庇を上げる。とたんに侍は、ああ、と呻《うめ》くような息をついた。

「お乗り下さいまし。雪見にお伴いたしやす」

踏み台を侍の足元に置く。下駄の歯は草履《ぞうり》のようにすり減っており、素足は輝《あかぎ》れていた。

「ご無礼いたす。許されよ」

侍が侍の俥に乗る無礼を、男は侘《わ》びたにちがいなかった。

幌の中に腰を下ろすと、男の顔は初めて瞭《あきら》かになった。

直吉はその顔をはっきりと覚えていた。

(ご無礼つかまつる。御大老様に直々の訴え事でござる。なにとぞお納め下されし)

そう叫びながら、行列の先頭に偽りの直訴状を差し向けた。じきに御駕籠回りの近習が走ってきた。

(訴状はご嘉納になられる。訴え人は神妙にいたせ)

やおら立ち上がって、抜きがけに近習の菅笠を払い上げた。真二つに割られた笠の中の顔を、直吉は忘れない。

粗末な袴の上に羅紗を掛け、直吉は梶棒を上げた。

「つまらねえことをお訊ねいたしやすが、お客さんはおいくつでござんすか」

「四十一になる。それがどうかしたか」

「いえ――」

直吉は前のめりに俥を引いて、雪の駅頭に歩み出た。自分と同い齢のこの侍は、あれからの十三年をどのように過ごしてきたのだろうか。

「ではこちらもつまらぬことを訊ねる。妻子はおられるか」

ふと、大家の出戻り娘とガキの顔が胸をよぎった。何ひとつ言いかわしたわけではないけれども、自分にはふさわしい妻と子だと思う。

「あいにく男やもめでござんす」

「親は」

「あっしの不孝で、亡くしちまいました」

そのことだけはわかってほしいと、直吉は心に願った。

「不孝をかけたか」

「へい。若い時分にとんだ親不孝をしちまったもんで、父親《ておや》どころかおふくろまで、生きちゃいられねえようなことになっちまいまして」

ああ、と侍はまた呻いた。わかってくれたのだと思うそばから、侍は悲しいことを言った。

「実はそれがしも、同じ親不孝をした。子はないが、妻にはいまだに苦労をさせておる」

所帯を持たずにこの齢まできてよかったと直吉は思った。大家の娘もガキも悲しみはするだろうが、しょせん家族ではない。

「なるたけ平らな通りを行かしていただきやす。存分に風流をなすっておくんなさい」

俥は雪の東海道を下った。足元は悪いが、草履に巻き結んだ藁縄《わらなわ》は利いた。やがて左手に、袖《そで》ヶ浦《うら》の浜が見えた。日はすっかり昏れていたが、降り積む雪が遥かに続く汀《みぎわ》をありありと示していた。

来るべきものが来ただけなのだと、直吉は思うことにした。少くとも、逃亡は怯懦《きょうだ》によるものではなかった。生きてこそいれば、またお役に立てることもあろうと考えたからであった。ならば俥引きに零落《おちぶ》れた今となっては、逃げ隠れしてはならぬ。

「どこへ向かっておるのだ」

「ひとけのねえところまで参りやす。雪景色を眺めるにァ、そのほうがようござんしょう」

「名を訊ねたいのだが」

と、侍はいかにも無礼を訊ねるように言った。

「直吉と申しやす」

「そうではなく、元の名を訊ねたい」

侍の声は車輪の軋《きし》みに似ていた。

「佐橋《さばし》十兵衛と名乗っておりやした。十は数字の十でござんす」

官憲に調べを受けたとき、仇の名も知らぬのではまずかろうと思って、直吉はわかりやすく答えた。

「直吉とは似ても似つかぬ名じゃな。世間の目をくらましたつもりか」

「いんや」と、直吉は強く抗《あらが》った。

「つまらねえ話を聞いて下さいやすか、お客さん」

「申せ」

「若気の至りで手にかけちまったお人の一字を、頂戴いたしやした」

幌から身を乗り出す気配がした。

「なにゆえじゃ」

「のちのち思えば、そのお人のおっしゃっていたことは、ごもっともでござんした」

「ならば、人を殺《あや》めたことも誤りであったと申すか」

「いいえ、それァまちげえじゃあござんせん。ただ、おっしゃってらしたことァ、いちいちごもっともだったと」

自分たちは攘夷と言い、井伊直弼は開国と言った。つまるところ国は開かれて御一新が成ったのだから、その主張は正しかったことになる。誅殺が誤りであったとは思わぬが、せめてその炯眼《けいがん》を、偽りの名の一文字に刻んだつもりであった。

しばらくの間、直吉は今生《こんじょう》の力をこめて俥を引いた。

この侍はいったい何のために、十三年も前の主君の仇を討とうというのだろう。帰るべき藩も城もすでになく、美談が讃えられるはずもあるまい。ましてや太政官布告によって仇討が禁じられた今、所業はひとつの殺人にすぎない。

高輪の薩摩屋敷を右に折れると、楠の大樹に被われた柘榴坂である。旧藩の広大な下屋敷が並ぶこのあたりなら、人目につく気遣いはあるまい。

雪は楠の枝に降り積もり、高輪の丘に駆け昇る柘榴坂は乾いていた。

「このあたりで、ようござんす」

「俥屋が決めることではあるまい。今すこし行け」

坂道の登りで梶棒をはね上げれば、客はひとたまりもあるまい。この男はいったい何を考えているのだろうと、直吉は腕に力をこめながら訝《いぶか》しんだ。

「左の屋敷は荒れておるが」

「久留米《くるめ》の有馬様でござんす。その先は豊前中津《ぶぜんなかつ》の奥平様で」

「ほう。詳しいのう」

「このあたりは、死に遅れちまった場所なもんで」

侍はわかってくれたのだろうか。直吉の言葉を、あえて質《ただ》そうとはしなかった。

斬死しなければ自刃、それも叶わねば最寄りの藩邸に自訴して、潔く裁きを待つ。申し合わせていたわけではないが、当然の手順を十八人の同志はみなわきまえていたはずであった。

どこをどう徨《さまよ》うたかは忘れた。気がつけば同志ともはぐれ、東海道の薩州屋敷の辻に佇んでいた。

このあたりの下屋敷のどこかに自訴して出ようと思いつつ、雪の柘榴坂を登った。

あのとき命をつなぎ留めたものは、坂の中途の寒椿の垣根であった。ひといろの純白の中に、有馬屋敷の椿垣がたわわな紅《くれない》の花を咲かせていたのだった。

直吉は力をふりしぼって梶棒を引いた。雪の帳《とばり》の中に、あの日と同じ寒椿の垣が続いていた。

「もうよい。止めよ」

梶棒を下ろすと、直吉は笠を脱いで雪の上に座った。

そのとたんふいに、忘れていた声が唇を震わせた。

「そこもとの御執着、頭が下がり申す。存分に本懐を遂げられよ」

「立ち合わぬか」

「刀はとうに捨て申した」

「拙者は脇差でよい。お使いなされ」

大刀が膝前に置かれた。この男はもしや、返り討ちに果てることを望んでいるのではないかと直吉は思った。

「それではあの日と同じでござろう。そこもとは脇差にて戦うた」

「よく覚えておいでじゃ。物頭めが、柄袋を着せおったのよ」

「お名前を、お聞かせ願えるか」

「志村金吾と申す。掃部《かもん》頭様ご災難の折には、御駕籠回り近習役を相務めおり申した」

志村金吾と名乗った侍は、脇差を抜いた。しかし雪の中に佇んだ姿には、戦う意志がいささかも感じられなかった。

今さら人を殺《あや》めるのであれば、おのれが死にたいと直吉は思った。おそらくその思いは、金吾も同じなのであろう。同胞が相撃つ時代は終わったのだ。

直吉は膝元に置かれた刀を執り、鞘《さや》を払った。柄巻《つかまき》は傷《いた》んでおり、鞘の漆は風雪に剝げ落ちてはいたが、刃はきのう打ちおろしたもののように、一点の翳《かげ》りもなく手入れがなされていた。

腹を切る間はあるまい。瞬時にとどめられぬ素早さで、咽を搔き切ってしまおうと直吉は思った。

それでこの男は罪に問われずにすみ、しかも本懐を遂げたことになる。十三年もの間、一点の翳りもない魂を持ち続けた侍に自分がしてやれることは、それだけだった。

「御免」

刀身を立てて頸《くび》をのしかけようとしたとき、金吾は体ごと当たって直吉を押し倒した。

「勝手は許さぬ」

「ならば、わしを討て」

二人はたがいにしがみつくようにして、雪の坂道を転げ回った。

揉み合いながら寒椿の垣の根方に直吉を押しこめ、金吾は仇の胸倉をしめ上げた。

「わしは、掃部頭様のお下知に順《したが》うだけじゃ。あのとき、掃部頭様は仰せになった。かりそめにも命をかけたる者の訴えを、おろそかには扱うなと。わかるか、十兵衛。掃部頭様はの、よしんばその訴えが命を奪う刃であっても、甘んじて受けるべきと思われたのじゃ。おぬしら水戸者は命をかけた。だからわしは、主の仇といえども、おぬしを斬るわけには参らぬ。御重役が何と申しても、命をかけたる者の訴えを、おろそかに扱うわけには参らぬ。士道が何じゃ、世の噂が何じゃ、わしは掃部頭様の家来ゆえ、掃部頭様のお下知に順う。おぬしを斬るならば、わしが死ぬ」

この男は十三年の間、仇を探してきたのではないと直吉は思った。桜田御門の綿雪の中にずっと立ちつくしていたのだ。歩み出すことも、遁《のが》れることも、死ぬことすらもできずに、彦根橘の御駕籠のかたわらに、十三年の間ずっと立ちつくしていた。

金吾の腕をすり抜けて、雪の上に落ちた血の色の椿を握りつぶし、十兵衛は泣いた。

自分もあの日からずっと、この椿の垣根のきわに座り続けていたのだと思った。

「佐橋殿――」

まるで心のうちを読んだように、志村金吾は震えながら言った。

「どうかそなたも、この垣根を越えてはくれまいか。わしも、そうするゆえ」

柘榴坂の宵は、あの日と同じ綿雪にくるまれていた。

酔いどれの人足に酌をする女房の姿など、考えるだにおぞましい。

幸い酒場の中には知った顔がなく、一見《いちげん》の客の正体に気付いているのは、当の女房殿だけだ。

顔をそむけてはならぬ。

「お侍さんは、あたしじゃなくっておセッちゃんがお気に入り」

銚子を弄《もてあそ》びながら、若い酌婦が言う。

「年増好みでの。すまんが、代わってやってくれぬか」

「はいはい。四十《しじゅう》、いい、しざかり、ってね。でも、おセッちゃんはあんがいお堅いよ。

うだ。


なにせ元はお武家の出なんだ」

金吾は背にした戸を少し開けて、静まり返った往来を眺めた。雪は已んだよ

「あの――」

別人のように身を固くして、妻は金吾のかたわらに座った。

「いったいどういう風の吹き回しですか。一日お留守で気を揉んでおりました」

盃を勧めながら、金吾はあたりを窺った。

「ともかく笑え。いきなり女房の顔になったのでは周りが怪しむ」

「あなたとお客とを一緒くたにはできません」

「一緒くたにせい。わしも客にはちがいない」

造り笑いはじきに切ない溜息に変わってしまった。

「セツ――」

まるで口説きでもするように、金吾は妻の耳に囁いた。

「太政官の布告が出ての。金輪際《こんりんざい》、仇討は禁止じゃと」

「おや、まあ」

この笑顔は造りものではなかろう。

「で、明日は世田谷の豪徳寺に、掃部頭様の墓参をいたそうと思う。政府がそのように申すのだから、いたしかたあるまい。おまえも伴をせい」

　こみ上げる喜びを、妻は俯いて嚙み殺していた。

「この先はいかがなされますか」

「ふむ。この先はの、俥でも引こうと思う」

「また、何と」

「新橋のステンショを根城にする俥引きが、古俥を一輛調達してくれるそうだ。きょうは先ほどまでその話をしておった」

　妻はたまらずに、笑いながら泣いた。子を産ませることもできなかったこの妻の苦労を、膂力《りょりょく》の衰えた腕と足とで取り戻すことができるであろうか。いや、腕がちぎれ足が折れても、それだけは償わねばなるまい。秋元様の訓《おし》え諭してくれた垣根を越える努力とは、今さらほかには何もありえぬのだから。

　きょうは一日、不覚にも涙にくれてしまったが、妻にだけは見せてはならぬと、金吾は席を立った。

「わしは一足先に戻る。おまえも早う帰れ」

「お待ち下さい。私もご一緒に」

もうたまらぬ。遁れるように酒場を出ると、金吾は泣きながら泥濘の辻を走った。

古い俥は華やかな朱色に塗ろう。つねづね徳川の先陣を賜わった、井伊の赤ぞなえの鎧《よろい》の色だ。梶棒は黒漆で、彦根橘の御家紋を刻む。

腕がちぎれ、足が折れるまで、明日からの戦場を先駆けてくれよう。

「おまえさまァ」

妻が追うてきた。

「早う来い。早う――」

闇に手を差し伸べながら、金吾は雪上がりの星空を仰ぎ見た。

掃部頭様はこのような士道の結着《けつじゃく》を許して下さるだろうか。

両手を夜空に泳がせて、志村金吾はにっかりと微笑まれる掃部頭様のお顔を、溢れる星座のどこかしらに探そうとした。

五郎治殿御始末

曾祖父は明治元年の生まれであった。

その年の正月に鳥羽伏見の戦が始まり、あくる明治二年の五月が箱館五稜《ごりょう》郭《かく》の開城であるから、曾祖父は戊辰《ぼしん》戦争のただなかに生まれたことになる。

私の最も古い記憶は、その人の膝の感触である。すっぽりと体を包みこむ曾祖父の膝は、ここちよい椅子というより、まるで蓮《はす》の台《うてな》にあるような安らぎを感じさせた。

仮にその記憶を、私が物心ついた一九五五年とすれば、曾祖父は当時としては珍しい八十七歳の翁であった。その人が介添もなくしばしば上京しては、子や孫の家を訪ね歩いていたのだから、よほど矍鑠《かくしゃく》たるものであったのだろう。

曾祖父は私を「スケ」と呼んだ。曾孫に「助成《すけなり》」という武士の正名《せいめい》を勝手に付け、まこと勝手に「スケ」と呼び習わしていたのである。曾祖父がそう私を呼ぶたびに、祖母や母は、まるで犬か猫のようだと笑った。しかし、いくら周囲からたしなめられても、私を「スケ」と呼び続けたのだから、当人にしてみれば洒落《しゃれ》でも座興でもない、大真面目な命名であったのかもしれぬ。

惜しむらくは顔に憶えがない。写真の一葉ぐらいは遺《のこ》っていてもよさそうなものだが、機会がなかったのか、あるいは昔の人らしく当人が忌み嫌ったのか、私とよく似ているという面《おも》ざしを偲《しの》ぶよすがはない。

さらに、その人生の伝承が何ひとつないのは、よほど無口な人物であったせいであろうか。もとは立派な武家の出であるということのほかには、先年物故した父も、曾祖父について知るところは何もなかった。

かくて私の記憶には、蓮台のように広く平安な膝の感触ばかりが残る。

ある日のこと、生家の奥座敷で曾祖父が栗の皮を剥《む》いていた。おそらくは手土産に提げてきた栗だったのであろう。

私がいつものように膝に入ろうとすると、曾祖父はふいに柔和な相を改めて叱った。刃物を使っているから抱くわけにはいかぬ、というようなことを言った。私は仕方なく対《むか》いに座って、曾祖父が器用に操る肥後守《ひごのかみ》の刃先を見つめていた。

老眼鏡を傾《かし》げて栗を剝きながら、曾祖父はいちいち私の身じろぎを危ぶんだ。けっしてそばに近寄るなというようなことを、いくども言った。

どうして、と私は子供らしく執拗に訊ねた。昔の大人はさほど子供に神経質でなかったせいもあるのだろうが、私には曾祖父の気配りが尋常とは思えなかった。

「わしはおまえの年頃に、いちど死に損なった」

いかめしい武士の声でそう言った。家族はみな華やかな江戸弁を使ったから、私は曾祖父の言葉づかいが田舎の訛《なま》りであると思いこんでいた。

どうして、とその先を訊ねたかどうかは記憶にない。もっとも訊ねたところで、寡黙な曾祖父が語るはずはなかった。

――わしはおまえの年頃に、いちど死に損なった。

もしそのとき、曾祖父が肥後守を操る手を休めて私を膝に招き入れ、おのれを語らざる武士の道徳をたったいちどだけ違《たが》えてくれたのなら、たぶん私は、こんな物語を幼い耳に聞き留めることができたのではあるまいか――。

＊

いやはや、つまらぬことを言ってしもうた。

死に損ねた話など、子供が聞いたところで面白うはないぞ。しかし、どうしてと訊ねられて答えぬのでは、おまえも後生《ごしょう》が悪かろう。いささか軽率ではあったが、言いかけたことは言わねばなるまいよ。

ただし誰にも内証にしておけ。命のやりとりにかかわる話などをかわゆい曾孫《ひこ》に聞かせたとあっては、母様や婆様にわしが叱られるでな。

噛んで含めるよう上手には語れぬぞ。その昔は、そもそも子供あつかいをするということがなかった。

それでよいな。おまえがわかろうがわかるまいが、わしは勝手に話す。わかればよし、わからねばなおよし。他言無用という約束だけは守れ。

子供は怖い。わかっているのに、わからぬような顔をする。知るべきではないと思えば、見ぬふり聞かぬふり、わからぬふりをする。大人になるというのはの、そうした子供の本性から脱却することだ。今の世は、大人になれぬ大人が多すぎる。

おそらくおまえには、わしの話のすべてがわかるであろうよ。ならばなおさらのこと、この話は内証にしておけ。

明治の何年であったかは知らぬ。御一新からはしばらく経って、西郷征伐まではまだしばらく間のある、ともかく遠い昔の話だ。

わしはの、そのころわが身に起こっていたことのすべてを承知しておった。おまえと同じ年頃の子供であったから、知っておっても知らぬ顔をしていただけだ。

岩井の家は代々、桑名《くわな》藩十一万石松平越中守様の家来であった。百五十石取りといえば御家来衆のうちでも相当なもので、少くともおまえの父親よりは高給取りであったぞ。

家が栄えていたころの記憶は、おぼろに残っておる。父も母も姉も顔かたちは影絵でしかないが、屋敷には大勢の家族と郎党が住まっていた。訪ねてくる人も多く、家の内外は一年じゅう華やいでいたような気がする。その華やぎがある日ふいに、殺伐としたおどろおどろしい光にくるまれたかと思う間に、しんと静まってしまった。明治という時代がやってきたのだ。桑名は天皇陛下に弓を引いた賊名を蒙《こうむ》って、ひどい有様になってしまった。

父親は北越《ほくえつ》の戦で死んだ。恭順開城を潔しとせず、お殿様や同志の方々と越後の柏崎というところの飛地に向かい、どこかそのあたりの戦場で討死した。

詳しい事情は知らぬが、母親はわしの姉を連れて在所に戻った。桑名の屋敷に住まっておったのは、わしと祖父と、使用人の老夫婦だけであった。

たぶんこんなところであろうと思う。母は尾張《おわり》藩士の家から桑名の岩井家に嫁した人で、父との間に一男一女を儲《もう》けた。しかし御一新の戦で尾張は薩長に伍《くみ》したゆえ、岩井の家と母の実家は敵味方となってしもうた。鳥羽伏見の戦に負けたあと、桑名の御家来衆は城を開いて恭順する者と、殿様に従うて戦い続ける者とに分かれた。岩井の家では、隠居の祖父が恭順して桑名に残り、父が城を捨てて戦うことになった。親子が諍《いさか》ったのではあるまい。天下がいずれに転んでも岩井の家が立ち行くよう、苦心したのであろうよ。

父は北越の戦場に向かうにあたり、敵の出自になる母を離縁したのであろう。

あるいは尾張の在所が、賊に嫁した母を連れ戻したのかもしれぬ。かくて母は、幼い姉を伴うて尾張へと帰り、岩井家の惣領であるわしが祖父のもとに残った。真実を誰に聞いたわけでもないが、おおかたはそのようなところであろう。

尾張大納言様と桑名越中守様はご兄弟にあらせられた。もうお一方、会津中将様もな。

このお三方はみな、美濃の高須松平家にお生まれになり、それぞれの御家門にご養子として迎えられたのだ。会津様と桑名様は佐幕、尾張様はいわゆる勤皇派に伍して、血を分けたご兄弟が干戈《かんか》をまじうることとなった。

わしの祖父は口癖のように言うた。貴きお殿様方が骨肉あい食《は》む戦をするのであるから、おまえもおのれの宿命を呪《のろ》うてはならぬ、とな。

それにしても、越中守様はまこと気の毒なお方であった。御齢《おんとし》十三歳にして桑名十一万石に迎えられ、兄君の会津中将様に請《こ》われて京都所司代の大任をお受けなされたのは、算《かぞ》え十八歳のときであったという。

兄君は京都守護職として、弟君は京都所司代として、ともに火中の栗を拾わされてしもうた。長州の奴ばらからすれば、会津と桑名は憎んでも憎みきれぬ。

それでも徳川幕府が倒れたのち、志を同じうする奥州羽越《うえつ》の諸大名とともに戦うことのできた会津様は、まだしもましというものだ。勢州桑名は孤立無援だった。

桑名は領民のために、涙を呑んで恭順開城した。帰る城のなくなった越中守様は、江戸から北越柏崎の飛地に入り、明治の新政府に抗《あらが》うことになった。わしの父はその越中守様のもとに参じたわけだ。

わしが桑名の屋敷に生まれたのは、そうしたどさくさのさなかであったのだから、父や母を知るはずはない。物心ついたときには、荒れた屋敷の中に、わしと祖父と、忠義というよりいかにも逃げ遅れたような使用人の老夫婦がおるきりであった。

ともかく、御一新からしばらく経ち、西郷征伐まではまだしばらくの間がある、遠い昔の話だ。ぶよぶよとして居場所も行方も定まらぬ、妙な日々であったな。

そのころわしの祖父はいくつであったのか、生年は知らぬから齢もわからぬ。おそらくは五十を少し出たほどであったと思うが、昔の人間はたいそう老けていた。もっとも、四十を過ぎれば伜《せがれ》に家督を譲って隠居するのが当たり前であった時代なのだから、五十は立派な老人であったろう。

父はいかにも精悍な桑名武士であったと聞いているが、祖父は武張ったものを少しも感じさせぬ、すこぶる温厚な人柄であったと記憶している。御城での御役目も、勘定方か御納戸役《おなんどやく》のような事務方だったのであろう。

体は小柄で、武士としての見映えはせぬが、悧発な感じのする人であった。五十を過ぎたそのころは月代《さかやき》を当たる必要のないほど頭頂が禿げ上がっており、裾衣《すそごろも》に残った白髪をうしろに束ねて、付け髷《まげ》の髱《たぶさ》をちょこんと載せておった。

その小さな付け髷だけが黒々としておっての。いかにも見栄で載せたという様子が、たまらなくおかしかった。近在の子らなどは、物蔭に隠れて「付け髷じゃ、付け髷じゃ」と祖父を囃《はや》したてた。しかし祖父はそんな子らを叱るでもなく追うでもなく、付け髷を指先でおっ立てて見せては、かえって笑わせたりしておったよ。

明治四年の廃藩置県で、桑名藩は桑名県となり、あくる年には三重県に統合され、県庁は四日市に移ってしもうた。祖父は桑名のお役所に出仕しておったのだが、それをしおに御役御免となった。

お暇《いとま》を頂戴した日のことはよく覚えておる。下戸《げこ》であるはずの祖父が、その日に限ってまだ日の高いうちから、したたか酔うて屋敷に帰ってきたのだ。

御一新ののちも、大勢の旧藩士が桑名の御城にしがみついておった。はじめのうちは尾張藩や藤堂藩の侍が進駐しており、やがて薩長出身の官員がやってきた。桑名の上士であった祖父は、進駐軍や官員様から、旧藩士の整理を申し付けられていたのだと思う。

屋敷には夜昼かまわず、陳情にやってくる旧藩士が跡を絶たなかった。手をついて頼む者あり、今にも斬りかからんばかりに恫喝《どうかつ》する者あり、あるいは祖父の差配によって職を解かれた者が、「長州の狗《いぬ》め」と大声で呼ばわりながら、玄関に石を投げる騒ぎもあった。

祖父は人々の恨みを一身に買いながら、新政府から従前の御禄を貰うばかりで仕事のない旧藩士たちを馘首《かくしゅ》するという、辛い御役目を担っていたのだった。

首を馘《は》ねるというても、まさか刀で斬るわけではないぞ。すなわち、これ――クビじゃな。

今でも職場を辞めさせられることを「クビ」と言い習わすのは、武士が一斉に職を失うたあのころの流行語が、今日もなお生きているのであろうよ。潰しのきかぬ武士にとって禄を奪われることは、首を斬られるも同然であった。旧藩における立場といい、その年齢といい、あるいは倅を御一新の犠牲にしたという事実からしても、辛い御役目を全うできる人物は、わしの祖父しかいなかったのであろうよ。

そう――名は五郎治というた。岩井五郎治が、おまえの五代前の爺の名だ。したたかに酔うて帰ったあの日、五郎治は玄関の式台まで出迎えたわしの手をむんずと握って、よろめきながら屋敷の唐紙を何枚も突き破り、奥の書院に入った。

明治の初年というても、祖父は未だ二本差しであったからの、よもやいたずらが露見して手打ちにでもなるのではないかと、肝《きも》を冷やしたものであった。低い弱陽《よろび》が荒れ庭から射し入る、冬の午下《ひるさが》りであったと思う。

祖父は書院の床の間に、これ見よがしに飾られていた父祖伝来の鎧《よろい》に向き合って座り、かたわらにわしを座らせた。

たしかこのような言葉をかわした。

「半之助《はんのすけ》。これより爺の申すこと、よく聞け」

「はい、何なりと」

「爺はきょう、御役御免と相成った。いよいよ御家中の旧禄下げ渡しが打ち切られたさかい、人を選んで禄を奪う爺の御役も、その必要はのうなった。わかるな」

「はい。わかりまする」

「ついては、旧藩士に対し、県庁より公債といくばくかの金子《きんす》が支払われるが、わしは辞退いたした。いかに御役目とは申せ、数年にわたって多くの同輩を野に追いやり、長州の走狗と呼ばれ、あげくに銭金を懐《ふところ》に収めるわけには参らぬ」

「お金がなければ米が食えませぬ」

わしが口にした道理がよほど身に応えたらしく、祖父は乾いた唇を噛みしめ、膝の上で両の拳をぐいと握りしめて俯《うつむ》いた。

「お爺《じい》様――」

「おまえは、母《かか》の在所へ行け。先方では何を今さら桑名者めがと申すであろうが、尾張のお爺様にしてもおまえは血を分けた孫じゃ。わしが手をついてお頼《たの》申せば、どうでも聞き届けて下さろう」

そのとき、わしは幼な心にもとっさに、二つのことを考えた。

ひとつは岩井の家の行く末だ。そしてもうひとつは、祖父のこれから先のことだ。正直をいえば、顔すら知らぬとはいえ、生みの母のもとに引き取られるのは嬉しかったが。

「お家はいかがなりますのか。惣領のわしがおらねば、岩井の家は――」

「重々考えた。岩井の家はしまいじゃ。初代久松定勝公より十八代の長きに続いた桑名松平家がしまいなのじゃさかい、御譜代の岩井家がこのさき続かねばならぬいわれはあるまい」

「お爺様はいかがなされますのか。惣領のわしともども、尾張のお爺様のお世話になることはできませぬのか」

「たわけたことを申すな」

と、祖父はようやく顔を上げ、家伝の鎧を振り仰いだ。

「藩祖定勝公は神君家康公の弟君にあらせられる。すなわち尾張から見れば桑名は叔父じゃ。しかも桑名藩兵は、葵の御家紋のもと、箱館まで戦い抜いた。おまえの父は北越の陣を先駆け、みごと越中守様のご馬前に討死いたした。義に戦うた叔父が、不義の甥の厄介になる道理はあるまい」

「ならばお爺様、わしも桑名の者として、尾張のお爺様の厄介になるわけには参りませぬ」

「生意気を申すな」

と、祖父はわしの頰を叩《はた》いた。

「物の理屈は前髪が取れてから申せ。ともあれ、きょうを限りに岩井の家はしまいじゃ。尾張の家に参ったなら、桑名衆であることは忘れやれ。岩井の家名も忘れやれ」

有難くもあり、また悲しくもあった。

わしはの、内心では祖父を侮《あなど》っておったのよ。父は戦うて死んだが、祖父は戦わずに降参したのだからな。そうした噂は、子供らの口を通じてわしの耳にも入っておった。父は立派な桑名武士だが、祖父は算盤《そろばん》勘定しか知らぬ腰抜けだと。

わしは、ようよう祖父の苦衷《くちゅう》がわかった。岩井の家を絶やしてはならぬとの一心で、祖父と父は袂《たもと》を分かったにちがいなかった。

しかし、岩井の家名も何も、主家の桑名藩が三重県になってしもうて、この世から武家そのものがのうなってしもうたのでは身も蓋もあるまい。

祖父が父と同じ桑名の侍であったことが嬉しかった。家名を絶やしても、わしを生かそうとしてくれる真心が有難かった。そしてその嬉しさも有難さも、みな同じほど悲しいものであった。

桑名を去ったのは、それからどれほどののちであったろう。正月は母御のもとで祝えと祖父は言うておったから、年も押し迫った師走《しわす》であったと思う。

家財はことごとく売り払った。祖父の足元を見て、値切りに値切った道具屋の、姑息《こそく》な顔は今も忘られぬ。

乱世に大活躍をするのは商人《あきんど》だな。言われてみればおまえの父も、日本が戦に負けてから大儲けをした。むろん、それが悪いとは言わぬよ。あのときの道具屋の姑息な顔を思い起こせば、七十年ののちに孫が仇を取ってくれたような気がしないでもない。

祖父は重代《じゅうだい》の鎧も売った。腰の物は拝領刀の固山宗次《こやまむねつぐ》であったが、大刀は売り、さすがに脇差《わきざし》だけは残した。

粘り強く難事を務めおえた祖父のひきぎわは、潔いものであった。一切合財を売り払った金は菩提寺《ぼだいじ》に寄進し、あるいは寄辺《よるべ》ない旧藩士に分かち与え、使用人の老夫婦には使いやすいように新券紙幣を、当人たちが驚くほど過分に手渡した。

手元に残されたのは、わずかな路銀だったのではなかろうか。

道具屋たちが寄ってたかって家財を値切り倒し、荷車に積んで持ち去ってしまってから、祖父は書割《かきわり》のようになった座敷に座りこんで、こんなことを言った。

「これからは、万事が金の世になるのじゃろうな。金で買えぬものなど何ひとつない世の中になるのであろうよ。士魂が頽《すた》るれば、自然そういう世になる」

祖父は岩井の家を清算したのだと思う。だからそれにとものう代価も、持っていたくはなかったのであろう。

藩祖公の昔から、三百年も続いた岩井の家が突然なくなる。息子は死に、嫁は去り、同輩たちからは蛇蝎《だかつ》のごとく忌み嫌われて、父祖の地にとどまることすら許されず、ついにはただひとりの血縁である孫を、仇の家へと送る。祖父はわずかの間に、七十の翁のように萎《な》えしぼんでしまっていた。

さて、いよいよわしが死に損なった話だ。今さら思い出したくもないが、毒を吐けばいくらか寿命が延びるかもしれぬ。

東海道を江戸へと下れば、桑名から熱田《あつた》までは七里の渡し。江戸からの伊勢詣でも、熱田の渡し場から舟に乗って、桑名の渡船場に建つお伊勢様の一の鳥居をくぐるのが、旅の定めのようなものであった。

初めての舟旅で、わしはひどく酔うてしもうた。以来、舟は苦手で、隅田川の遊覧船にすら乗ったためしがない。

舟は速い。たとえば桑名からその先の四日市までの陸路は三里八丁、半日をかけて歩き通さねばならぬが、桑名から熱田までの七里は、ものの三時間ばかりであったな。

酔うて反吐《へど》を吐くわしを、祖父はおろおろと介抱してくれた。背をさすったり、枕を探したり、あげくには舟足が遅いと船頭に食ってかかる有様であった。くらくらとする頭の中でふと思うた。明日には他人の手に渡ってしまうわしが、なぜそれほど大切なのだろう、と。

舟端に寄って反吐を吐こうとすると、危ないからやめろと祖父は言った。そしてわしを舟べりに屈《かが》ませ、両の掌で反吐を受けてくれた。わしは舟板も汚すことなく、顔を海に突き出すでもなく、祖父の掌に反吐を吐いた。

「汚うござります」

「何の。襁褓《むつき》に比ぶればまだしもましじゃ」

祖父はそう言って笑った。わしはそのとき、祖父がわしの襁褓を替えていたことを、初めて知ったのだった。御城に上がっていた間は使用人が子守をしていたのであろうが、赤児のころから祖父と添寝をしていたのだから、そういうことになろう。

この人はいったい誰なのだろうと思った。わしは父も母も知らぬ。よその家では父と母がなすべきことを、この人はすべて一身になしてくれた。わしはこの人に育ててもろうたのだった。

「お爺様――」

わしは祖父にすがって泣いた。

「これこれ、武士の子が舟に酔うたぐらいで泣くではない。それほど苦しいか」

叱らずに労《いたわ》り続ける祖父の声が、祖父のやさしい掌が、いよいよわしを泣かせた。

「苦しうござります。泣くほど苦しうござります」

わしを手放したのち、祖父がどうなってしまうのかは、幼な心にもわかっておった。祖父に生きる理由は何もなくなるが、死する理由はいくらでもあるのだから。

わしは苦しうてならなかったよ。わかるか。苦しうて苦しうて、はらわたがちぎれるほど苦しうてならなかった。

武士道とは、恩顧に対し奉り、義を以て報いることであろう。

わしは、おのれを育て上げてくれた掌に、反吐を吐くことしかできなかったのだ。

わしが恩顧を蒙《こうむ》ったのは、主君ではなく、父母でもなかった。あらゆる理不尽の中で、わしひとりを宝として育て上げてくれた、祖父だけであった。その恩人に対し奉り、わしは義のかわりに反吐を吐いた。

この人は腹を切る。そしてその前に、仇なす尾張に土下座をして、孫の命を託す。わしが反吐を吐いたこの掌を、わが子同輩の仇の足元について、禿げた頭を土間に打ちつけ、なにとぞと冀《こいねが》うのであろう。

それだけはさせてはならぬと、わしは思うた。

「お爺様――」

わしは祖父の痩せた首にすがりつき、泣きながらようやく言うた。

「わしを、どこへなりとお連れになって下さりませ。二度と泣きはいたしませぬゆえ、お伴させて下さりませ」

とたんに祖父の指が、鷲摑《わしづか》みにわしの背を握りしめた。

「何を申すか」

わしの前髪を愛おしげに撫《な》でながら、祖父は宥《なだ》めるように言った。そのやさしさに怯《ひる》んではならなかった。

「親の仇に養われたくはありませぬ。もし尾張のお爺様がお許しになっても、わしは尾張を許しませぬ。尾張の賊の米を食らうのであれば、わしは飢えて死に申す。母上が泣いて止めなっても、わしは桑名の衆ゆえ、飢え死んで父上のもとに参ります。道理でござりましょう」

祖父はわしの小さな肩に顔をうずめ、何も答えず、ただ半之助というわしの名を、何十ぺんも呼んだ。

「よう言うた」

すっかり舟酔いも覚めてしもうたわしの顔を引き起こし、祖父は一言だけそう言った。

あのときの祖父の、仏のような半眼は忘られぬよ。いかにも一切の苦厄から救われたような、いいお顔であった。

こうして、岩井の血を享《う》けたわしらの、選ぶべき道は決まった。

熱田湊《みなと》の宮宿《みやのしゅく》は名古屋の御城下から二里の南、東海道五十三次で最も旅籠《はたご》の多い宿場であった。

生まれてこのかた桑名の御城下を出たためしのなかったわしの目には、その宿場の賑々《にぎにぎ》しさが怖いほどであったよ。歩きながら、ずっと祖父の道中羽織の袖を握ったままであった。

菅笠《すげがさ》の庇《ひさし》を上げて宿場を見渡し、「すっかりさびれてしもうたの」と、祖父は言った。わしにはとうていそうは見えなかったのだが、御一新前の宮宿は、比ぶるべくもない賑わいであったという。

つまり、わしがその宮宿を見て驚くほど、生まれ育った桑名の町はさらにうらさびれてしまっていた、ということだ。

言われてみれば、宿場筋には戸を閉《た》てきった仕舞屋《しもたや》が目についた。問屋場の前では、駕籠舁《かごか》きや人足が、ぼんやりと煙管《きせる》をくわえていた。

冬の陽が西に傾《かし》ぐ夕昏《ゆうぐれ》であったと思う。はて、桑名を立ったのは朝であったはずだから、なぜそれほど時間がたっていたのかはわからぬが、ともかく祖父とわしの影が路上に長く延びていた。

国を捨てるにあたって、挨拶回りでもしていたのか、あるいは波が高いか潮が悪かったかで、舟出を待たされたのかもしれぬ。

旅籠の前には人が出て、さかんに客を呼びこんでおり、中には子供連れであることもお構いなしに、祖父に媚を売る飯盛女《めしもり》もいた。そうした夕昏どきの様子が、さびれた宿場につかのまの賑わいをもたらしていたのであろう。

菅笠に顔を隠すようにして、祖父は歩き続けた。やがて舟から下りた旅人たちは、それぞれ旅籠の門口へと消えて行き、宿場はずれまできたころには、すっかり人影も絶えてしまった。

次の鳴海《なるみ》宿まで伸《の》せば日は昏れてしまう。祖父は死場所を探しているのだなと、わしは思った。

たそがれて影も踏めなくなったころ、祖父はようやく、羽織の袖を摑んでいたわしの手を引いてくれた。

「寒うはないか」

寒くない、とわしは答えた。実は麻袴の中の足腰がびりびりと痛むほど、寒くてならなかった。腹もへっており、喉もひりつくほど渇いていた。

「今生のなごりに、宮宿に泊って旨い飯でも食わせてやろうと思うていたのじゃが、それもかえって未練になろう。まして宮宿には見知った顔も多い」

おそらく祖父は、死に至る足跡を残したくなかったのであろうよ。

人心地がついて決心を翻《ひるがえ》すようなことはまさかなかったろうが、どうせならば畳の上で往生したいと思うのは人情であろう。よしんばその晩は思いとどまって、あくる日にどこかで死んだとしても、今生の宿を貸した旅籠は、調べもされるであろうし噂もたてられよう。他人にそうした迷惑をかけてはならぬと、祖父は考えたにちがいない。

「ならば、今いちど桑名に戻って――」

というようなことを、わしは提案したように思う。しかし祖父は、「それはならぬ」と無下《むげ》に言うた。

おまえもふしぎに思うであろう。わしもそのとき、なぜ生まれた場所で死んではならぬのだろうと思った。

「旅というものはの、けっして後戻りしてはならぬ。死出の旅とて、それは同じじゃ」

そのときは得心ゆかなかったが、この齢まで生きて、ようようわかった。回り道も足止めも旅のうちだが、後戻りしてはならぬ。それは旅とはいえぬ。

わしはそのとき、とても悲しい気持ちになったよ。祖父が死場所を探しあぐねているということが、はっきりとわかってしまったからだ。岩井の家の血を最後に享け継いだわしらは、そのとき天下に身の置き場がなくなってしもうていた。

今も町を歩けば大勢の浮浪者に行き合うがの、あれはさほど悲しくはない。土管や地下道に寝起きしておっても、ちゃんと身の置き場があるではないか。生きる場所を探す者は不幸ではない。まこと救いがたい者は、死場所を探している。

東海道と名古屋道を分かつ標石《しるべいし》の前に立ったのは、とっぷりと日の昏れたころであった。

その場所は、文字通り生と死の岐路であった。思えばかつてわしの父は、その岐《わか》れ道を右に辿《たど》って死地に赴き、母と姉は左に折れて尾張の在所へと向こうたのだ。

「半之助。今いちど訊く」

標石の前に屈みこんで、祖父は真白な息とともに言うた。みなまで言わせずに、わしは答えた。

「お爺様とともに参りまする」

その先は、祖父の手をわしが引いた。熱田湊で舟を下りてから、祖父はずっと逡巡《しゅんじゅん》し続け、歩くほどに活力を喪《うしの》うてゆくのがわかっていた。だからこれから先の道は、わしが引いて行くしかないと思うたのだ。

祖父の体は、風に弄《もてあそば》れる紙のように軽かった。よろめきつまずきながら、わしの力に任せて祖父は歩んだ。

月かげが老松の並木の影を切り落とす東海道を、祖父は泣き泣き歩いた。歩きながらわしの父の名を呼び、母の名を呼び、姉の名を呼び、先立たれた祖母の名を呼んだ。それから、わしの知らぬ人の名を、いくつも呼び続けた。

わしは、怖くはなかった。もし祖父がしゃんとしていて、わしの手を引いていたのなら、むしろ怖れもしたであろう。だが、ぐずぐずになってしまった祖父の手を握って歩き出したとたんから、死の恐怖はのうなってしまった。

のちに思えば、あのときはよいことを学んだものよ。いかな覚悟の戦でも、先駆ける者はさほど怖い思いはせぬ。怖いのは後に続く者だ。怖いと思うたらけっして尻ごみをしてはならぬ。人に先んじて死に向き合えば、怖い思いをしなくてすむ。そして生きるか死ぬかは、人間が決めることではない。

冬の満月の、かんと冴えた晩であった。わしはしらじらと続く街道から、立ち枯れた芒《すすき》の原に祖父を引きこんだ。

「お爺様、このあたりでようござります」

わしらは向き合って座った。祖父は菅笠をはずして、しばらくじいっと、わしを見つめていた。次第に、老いた顔から悲しみのいろが消えてゆくのがわかった。未練の嵐をくぐり抜けて、祖父はようやく覚悟を決めたのだった。

「気丈なやつめ」

乾いた唇をいくらか綻《ほころ》ばせて、祖父は呟いた。

わしがとりわけ気丈な子であったわけではあるまい。人生を知らぬ分だけ、執着がなかったというだけであろうよ。

改めて言うておくがの、そのときのわしらには、武士道も大義もなかった。ただただ追い詰められ、死ぬほかはなかっただけだ。自から命を絶つような理由が、ほかにあるものか。

　祖父は道中羽織を脱いで、わしの背に着せてくれた。

「お爺様、髷が――」

　菅笠を脱いだとたんに、祖父の付け髷がうしろにずり落ちていての。わしは腰を伸ばして、それを月代《さかやき》の上に載せてさし上げた。

　多くのお仲間たちと同様に断髪すれば、付け髷など必要はもうなかろうに、祖父はおかしみの上におかしみを重ねるようにして、黒く小さな付け髷を頭に載せていたのであった。

　それからは、何も言葉をかわさなかったと思う。

　やがて祖父は、大刀を売り払って後家《ごけ》になった固山宗次の脇差を抜いた。刀というものは、同銘の大小が揃えば値打物だからの。大刀だけを売って脇差を残していたということはつまり、はなから祖父はその脇差で死ぬつもりであったのだろう。

　わしの肩を抱き寄せ、震える切先《きっさき》を咽元《のどもと》に当てたまま祖父は言うた。

「爺も、じきに参るでの。先を急がずに待っておれ。よいな」

胸前で掌を合わせると、体中から力が抜けてしもうた。自然と、眠るように頭がうしろに倒れ、頸《くび》があらわになった。わしは薄目をあけて、立ち騒ぐ芒の穂にかかる満月を見ていた。

背を支える祖父の左手に力がこもった。

そのとき、わしはまぼろしのような甲高い声を聴いたのだ。

「待って頂戴すばせ、何をしやぁすばす」

足音が乱れて、祖父の体がわしから引き剝がされた。わしは支えを失うて、あおのけに倒れた。いったい何が起きたものか、とっさにはわからなかった。ただわしは、激しく祖父を叱りつける男の声に妙な懐かしさを感じた。それは、母の言葉のはしばしに残っていたのと同じ、名古屋の訛りであった。

「だちかんぜえも、岩井様」

揉み合いながらふいに名を呼ばれて、祖父は抗うことをやめた。

着物の尻を端折《はしょ》った屈強な二人の若者が、祖父の体を抱き止めており、主人らしい年配の男が、闇の中から「尾張屋」と書かれた提灯《ちょうちん》をつき出していた。

「いったい何ごとでござえますぃも。標石のとこで声をおかけ申しましたに、まるで聞こえんふりで行ってまやぁたもんで、もしやと思って」

祖父の手から脇差をむしり取り、呆《ほう》けた背を揺すりながら男は一喝した。

「ええいっ、しっかりしやぁすばせ。尾張屋の忠兵衛でござりますぃも」

「捨て置け」と、祖父は真白な息をようやく声にした。

「いんね、見知らぬお方ならともかく、あなた様と知って放っとけんわなも」

それから、尾張屋忠兵衛と名乗る恰幅《かっぷく》のよい老人は、まるで泣く子をあやすように、粘り強く祖父を悟し始めた。

わしはその様子を、夢見心地でぼんやりと眺めておったよ。

尾張屋は標石のあたりで声をかけたと言うたが、わしにはまったく憶えがなかった。わしらの様子があまりにも尋常でなかったから、実は声をかけそびれたのかもしれぬ。いや、やはり死に向き合うたわしらの耳には、すでに現世の声が聴こえなかったのであろう。

ともかく尾張屋は、標石からいくらも行かぬうちに、芒原に歩みこんだわしらを見て、あわてて後を追ったにちがいない。

尾張屋は半合羽《がっぱ》に羅紗《らしゃ》の衿巻を巻いており、手代らしい二人の若者は縞の着物に手甲脚半《てっこうきゃはん》をつけた、いずれも旅姿であった。一息入れて笠を脱ぐと、それぞれが油で撫でつけた揃いの断髪であったな。

「これはなも、おそらく熱田の御剣のご加護ですわえも。所用で名古屋の御城下まで参りましてえも、今晩は泊りのつもりでおりましたものが、月夜の二里ばかりなら宮宿まで帰ってしまおうと思い立ったんですわえも」

尾張屋はふくよかな笑顔を取り戻して言うた。

草薙《くさなぎ》の御剣のご加護であったかどうかはともかく、虫の報《しら》せというものはまあることだ。あるいは、人知の及ばざる運命とでも言うべきかの。

尾張屋は気を鎮めるように煙草を一服つけ、吸口を袖で拭って煙管《きせる》を祖父に回した。そのさりげないしぐさが、いかにも旧知の仲を感じさせた。

宮宿で旅籠を営んでいる尾張屋は、しばしば桑名の屋敷を訪ねてきたことがある。春には守口漬を、夏には渡蟹《わたりがに》を、秋には鯔饅頭《いなまんじゅう》を、また冬には沙魚《はぜ》の白焼や干鰈《ひがれい》やらを持って挨拶にきてくれたものであった。

なぜ尾張屋がそのように丁重な訪問を続けていたかというとな、祖父が参勤道中の折に御先触役を務めていたからなのだ。その御役目は、大名行列に先行して家臣たちの宿割をする。すなわちお殿様の宿となる本陣は決まっているが、家来がそれぞれどこの旅籠に泊るかは、御先触役たる祖父の裁量に任されていたのだ。

しかし考えてもみれば、越中守様が京都所司代の大任につかれてからは、江戸への参勤などなかったはずで、いわれなき贈物を受け取る祖父も、さぞ心苦しかったにちがいない。

「何はともあれ、今夜は手前どもの宿においでぁすばせ。さしでがましうはござりまするが、お力添えをさせていただきますわえも」

祖父はがっくりと肩を落としたまま、細い声で言った。

「ごらんの通りの死出の旅ゆえ、世話になるだけの満足な銭も持たぬ」

すると尾張屋は、ぶ厚い唇をさもおかしげに開いて笑った。

「何を言やぁすばす。岩井様には親の代からお世話になり通しでござりまする。銭金のことなどお気にしやぁすばすな」

言うが早いか、尾張屋は祖父を扶《たす》け起こして歩き出した。わしは手代に背負われた。死の間際から引き戻され、すっかり腰が抜けてしもうていた。そこから宮宿に戻った記憶が何もないのは、おそらく気を喪《うしの》うてしまったのであろう。

目が覚めたのは、格《ごう》天井に立派な付《つけ》書院と平床がある、尾張屋の奥座敷であった。

四方にはあかあかと百目蠟燭《ろうそく》が灯っており、唐紙の前に立てられた金屛風の照り返しで、座敷は昼のように明るかった。

祖父は背を丸めて上座に座り、火鉢に手を焙《あぶ》っていた。わしはそのかたわらで、座蒲団を枕にし、搔巻《かいまき》にくるまれて寝ておったのだ。ここは極楽浄土かな、と思うたほどの、美しく清らかな座敷であった。

わしは目覚めてからもしばらくの間、じっと寝たふりをしておった。どのような顔で起き上がってよいものか、わからなかったからだ。

薄目を開けて見ると、火鉢の向こう前に忠兵衛が太り肉《じし》の体をでんと据えてかしこまっており、そこから少し下がって、尾張屋の跡取り息子がかしこまっていた。こちらは父の忠兵衛とは違って、小柄で如才ない笑顔の人であった。

桑名の屋敷を訪れるときには必ず忠兵衛と一緒であったので、わしもその顔には憶えがあった。

忠兵衛の偉いところは、その倅の物腰からも知ることができた。ふつう商家の跡取りは、蝶よ花よと育てられるから、ひとめでそうとわかる白面なのだが、その倅はちがった。桑名で挨拶回りをするときも、届け物の入った荷箱を背中にくくりつけており、父をさしおいて口をきいたり、何かをするということがけっしてなく、誰からどう見ても叩き上げの手代であった。何でも幼いころから上方の両替商に丁稚《でっち》奉公に出され、店先の掃除から草履の上げ下げから叩きこまれたのだそうだ。だから親元に戻っても、跡取り面などはせず、ほかの使用人たちと同様にかいがいしく働いていた。

そういう修業に甘んじている倅も偉いが、親の忠兵衛はなお偉い。

火鉢ごしに燗酒《かんざけ》を勧めながら、忠兵衛はずっと祖父を説諭し続けておったよ。

「あなた様のような立派なお侍様に、手前のような齢も下の商人ふぜいが物を申し上げるご無礼は重々承知いたしております。もし我慢ならぬと思われましたのなら、どうぞそのお腰物にて成敗して頂戴すばせ。この忠兵衛、うらさびれた旅籠の亭主ではござりまするが、尾張屋の暖簾《のれん》には命も体も張っておりますぃも。お客人の手にかかって死ぬるのなら、冥利につきるというものでございます。ただし――」

忠兵衛は肥えた腰を捻じって、倅を振り返った。

「ただし、これなる倅には構ゃぁすばさぬよう。ご無礼は手前ひとりの罪ゆえ、倅にはいっさいかかわりはござりません。倅は一人息子にて、未だ嫁も貰ってはおりませぬ。これまでお手打ちと相成っては、尾張屋の暖簾が絶えてしまいまするで」

微笑をたたえながら、忠兵衛が相当に肚《はら》をくっているのは、その顔色からもよくわかった。迷いのない声音にも、胆力が充ち満ちていた。

「岩井様のご災難は、噂にも聞いておりまする。あなた様ほどのお侍ならば、お務めをなしおえた今、お腹を召されるのもまた立派なご見識と拝察いたします。しかしえも、岩井様。このように年端もゆかぬお子様を、何《なん》ぜ冥土へお連れなさるのか。手前にはまったくわかりませぬ」

わしはいよいよ目覚めることができなくなった。狸寝入りを決めこんで、睫毛のすきまからじっと、忠兵衛のまんまるな顔を窺《うかご》うておったよ。

「町人ふぜいが、知ったようなことをぬかすでない」

祖父は飲めぬ酒を呷《あお》った。

「はい。ですからご無礼は承知の上で申し上げております。手前がお侍ならば何も言えませぬ。町人ふぜいだでこそ、立ち入った説教もできるというものでございまする」

祖父の溜息が聞こえた。いかにも明治の世を果無《はかな》むような溜息であったな。

「もはや、武士も町人もない、というわけか。いやはや、いやな世の中になってしもうたものじゃ」

とたんに、忠兵衛がかたわらの膳をひっくり返した。倅はアッと叫んで腰を浮かせ、さすがにわしも搔巻からはね起きた。

「人の命の重さに、もともと武士も町人もあれせんぜえも。たとえ徳川様の御世であっても、この忠兵衛は同じ説教を申しまする。そんだでえも、話のかかりに無礼打ちもけっこうだと申し上げましたわなも」

忠兵衛の突然の剣幕に、祖父は脇差の柄《つか》を握った。

「無礼者、容赦せぬぞ」

「ああ、存分にして頂戴すばせ。手前やあなた様のような年寄りなど、生きておっても死んでしまっても、大した違いはあれせんわなも。だが、倅や孫は殺してはなりませぬ。若い者はいまだ、世の務めをなしおえてはおりませぬ」

祖父の怒りを受け止めるように、忠兵衛は肥えた体をぐいとつき出した。

「それとも岩井様は、お侍は人間ではないと申されまするか」

「侍は侍じゃ。世の中がどう変わろうと、武士は武士じゃ」

「いんや、そうではない。侍とて人間でござりましょう。人間ならば、いかな事情があろうと、血をつなぐ子や孫をわが手にかけてはなりませぬ。それが士道なりと言やぁすばすのなら、武士など人間ではない獣でござりまするぞ」

道理を言われて抗えぬ祖父は、言わでものことを苦しまぎれに言うた。

「おのれ、折々の付け届けで、義理を売ったつもりでおりくさるのか」

忠兵衛の顔色が変わった。腰を伸ばして祖父の胸倉を摑むや、忠兵衛は祖父の顔に火の出るような拳固をいくつも見舞った。

「付け届けは賄《まいない》などではねぇ。わしが食ってうまいものを、わしが敬っているお人に食っていただこうずと思ったんだわなも。礼儀でも義理かけでもねぇわえも。あなた様はそのような不浄なお気持ちで、わしの真心を食らいなさったのか。お侍とは、それほどに下衆《げす》であったのきゃぁも」

たぶん祖父にはわかっていたのだろう。子供のわしですら、付け届けの何たるかはおぼろげにわかっておったのだからの。

桑名の参勤道中がのうなってからも、尾張屋は漬物や蟹や魚を持って、屋敷を訪ねてくれていた。それが商売ではないのは明らかではないか。

「今ひとつ、尾張屋はその名のごとく尾張の商人として、越中守様はじめ桑名の御家中の皆々様に、申しわけなく思いましたんだわなも。尾張大納言様は徳川に弓を引いたが、桑名様は楯となられた。せめて尾張屋の看板にて、桑名の皆様に頭を下げておりました。この尾張屋忠兵衛は武士ではないが、人間でござります。男でござります。どうかあなた様も、人間ならば男ならば、血を分けた孫を手にかけるようなご無体はなされまするな。この忠兵衛が心より頭を下げる桑名武士らしく、人の道を選んで頂戴すばせ」

忠兵衛は言うだけのことを言ってしまうと、祖父の衿から手を離し、「どうぞご存分に」と首をさし向けた。

のちのち思い出しても感心するのは、その悶着の間じゅう、尾張屋の倅がべつだんあわてるふうもなく、中に割って入るでもなく、座敷の隅で一部始終をじいっと見つめておったことだ。肝の据わっているばかりか、父のなすことはすべて正義だと信じていたからであろう。

祖父は身を起こすと、うなだれる忠兵衛に向かって両手をついた。矜《ほこ》り高い桑名の上士であった祖父が、他人に平伏する姿をわしは初めて見た。

「かたじけのうござる。この禿頭に免じて、ご無礼の数々、平にお許し下され。そこもとの真心、この岩井五郎治、よおくわかり申した。拙者がまちごうておりり申した」

それから長いこと、二人の老人は頭をすり合わせるようにして、人形のようにじっと動かずにいた。

わしは命を拾うた。

なに、それからのことか。死に損なった話はこれでしまいだ。続きなどどうでもよかろう。

たとえ血を分けた子や孫にも身の上話など語るべきではない。人にはそれぞれの苦労があり、誰に語ったところでわかってもらえるものではないからの。それにな、苦労は忘れてゆかねばならぬ。頭が忘れ、体が覚えておればよい。苦労人とは、そういう人のことだよ。

語ればいつまでも忘られぬ。語らねば忘れてしまう。だからおのれのために、つまらぬ苦労話をしてはならぬ。

そうだ。おまえが気にかかってならぬそれからの話ならば、爺様の後日譚を語ろう。それならば愚痴《ぐち》にはなるまいでの。

岩井五郎治。おまえの父の父の、そのまた父であるわしの、さらなる父の父の話だ。ちょうどこの五本の指。五代前の爺様が、それからどうなったか。

わしはの、あれから侍であることを忘れて、尾張屋に奉公をした。学校にも行かせてもろうた。

祖父はあの晩から何日か尾張屋の厄介になっておったが、わしが尾張屋の倅と熱田湊に釣りに出かけておる間に、どこかへ行ってしもうた。

のちに思えば、わしと祖父に改った別れをさせるのは忍びないという、忠兵衛の親心だったのであろうよ。おかげでわしは、泣かずにすんだ。

わしのことはどうでもよい。五郎治のその後であったな。

あれは明治十年の西郷征伐の年であった。

真夏の陽が、いっそううらさびれた宮宿の路上を灼く、それはそれは暑い日のことであったよ。立ち昇る陽炎《かげろう》の中を、騎馬の将校がやってきた。当番兵を口取りに従えた、若い陸軍少佐であった。

青い軍服の肩から湯気が立っておるのに、将校は詰衿をきちんと留め、のみならず軍帽の顎紐まできりりと締めていた。兵隊さんは大変だなあと、子供心にも思ったものだ。

「主人は在宅か」

と、将校は門口に佇《たたず》むわしに訊ねた。肯《うなず》くわしの顔をしばらく見つめ、ひらりと馬から下りると、将校は再び訊いた。

「君が、岩井半之助君かね」

はい、と背を伸ばして答えた。祖父の知り合いだなと、わしは直感した。将校がわしの表情の中に、祖父のおもかげを認めたように思えたからであった。

「そうか。主人に取り次いでくれ」

差し出された名刺を持って、わしは奥に走った。名刺には、名古屋鎮台の歩兵大隊長とあった。

突然の来訪に店の中は騒ぎとなり、やがて将校は店の者たちが一列になってひれ伏す廊下を歩んで、奥座敷に向かった。じきに尾張屋の倅がわしを呼んだ。

「気をしっかり持ってな。取り乱しやぁすなよ」

そのころには背広姿も様になっていた尾張屋の倅は、わしの肩を抱いて励ましてくれた。いかにも人あたりのよい、また気配りの行き届いた人であったよ。

呼び入れられたのは、命を拾った晩に目覚めた、あの奥座敷であった。

床の間を背にして将校が座り、忠兵衛が向き合うていた。ところがわしの顔を見るなり、将校は妙なことを言うた。

「こちらにお座りなさい。本日に限っては、君が上座だ」

将校は立ち上がって下座に移り、そのうしろに忠兵衛が下がった。倅はためろうわしを、上座の座蒲団に座らせた。

それから将校は、わしに向かってていねいに頭を下げた。忠兵衛も倅もそれに倣《なら》った。わしは応えることも忘れて、将校の脇に置かれた軍帽とサーベルを、ぼんやりと見つめておった。

いったい何が起きたのか、皆目見当もつかなかった。

頭を上げると、将校は革の公用鞄を開け、白絹の袱紗《ふくさ》を取り出して拡げた。そして何やら目の高さに書状を開き、朗々と読み上げたのであった。

「戦死公報――」

わしは胸を鷲摑みにされた気持ちになった。続きを耳にするまでもなく、ほんの一瞬ですべてがわかったのだ。

「別働第二旅団付属警視隊、非職第二等警部岩井五郎治殿は、明治十年六月十三日鹿児島県飯野付近の戦闘に於て、小隊の先頭を先駆けて衆余の賊兵と白兵戦に及び、敢闘数刻ついに戦死を遂ぐ。以上、同人の身上書に基き、御遺族岩井半之助殿に御通知申し上ぐ。大警視川路利良《かわじとしよし》」

将校は書状をわしの膝元に置き、やや目を伏せて言った。

「非公式のご連絡を――」

悄然《しょうぜん》として答えることもできぬわしにかわって、忠兵衛が「お願いいたします」と声をかけた。

「こたびの戦では、旧桑名藩主松平定敬《さだあき》公も、朝旨《ちょうじ》に従い旧藩士三百五十余名とともに、御出陣になられました。君のお爺様《じじ》は鳥羽伏見以来の仇をお討ちになったばかりか、桑名武士として、みごと越中守様のご馬前にて、お果てになられました。口頭にてお伝えするほかはありませんが、ご報告申し上げます」

ふいに、わしの背を支えていた尾張屋の倅が、わっと声をあげてその場に泣き伏した。

わしは庭先の蟬の声を聞きながら、黙りこくっておったよ。悲しむべきか、喜ぶべきかわからずに、ただ魂が天に飛んでしもうていた。

忠兵衛が畳に両手をついたまま嗄《しわが》れた声を絞った。

「あなた様も、桑名のご出身でござりますかなも」

将校はわしを見つめていた目を伏せて、静かな声で答えた。

「本官は、帝国陸軍の将校であります。出自を語る立場ではありません」

たしかにおのれのことは何ひとつ語ろうとはしなかったが、わしはその将校に、頑《かたく》なだが潔い桑名衆の匂いを嗅いだ。

伜はあたりも憚《はばか》らずに声を上げて泣き、忠兵衛は畳に打ち伏して泣いておった。しかし、わしは嘆いてはならなかった。祖父はようよう死処を得たのだから、欣《よろこ》びこそすれ嘆いてはならぬとおのれに言い聞かせ、ぐいと奥歯を嚙みしめておった。

「ご遺品を、預っております。お納め下さい」

将校は軍服の懐《ふところ》深くに手を差し入れ、肌身はなさず持っていたにちがいない油紙の包みを、書状に重ね置いた。

これで、将校が祖父とともに戦場を駆けたことは、明らかになったようなものだった。

「お改め下さい、半之助君」

わしを鼓舞するように、将校は少し笑った。

「みなさまもご覧下さい。これが岩井五郎治殿の御始末です」

おそるおそる、油紙を開いた。

そこに見たものが何であるか、おまえにはわかるか。考えてみよ。五郎治は末期《まつご》の力をふりしぼって、それをわしの元に届けてくれと、将校に頼んだにちがいなかった。本人の意思でなければ、そのようなものを遺品とするはずはないからの。

そう。それは、祖父の禿頭にいつもちょこんと載っていた、あの笑いぐさの付け髷であった。

わしは思わず噴き出し、そして、笑いながら泣いた。将校も忠兵衛も倅も、みな笑いながら泣いた。

「なぜ、岩井様はこのようなものを」

泣き笑いをくり返しながら、忠兵衛はようやく訊ねた。

「わかりませぬ。是非にと頼まれれば、たとえ付け髷でもいやとは言えますまい」

わしにはわかったよ。あの爺様はの、みなに笑うてほしかったのだ。嘆きをことごとく、笑い声で被ってほしかったのだ。

そしてもうひとつ――侍の理屈は、一筋の付け髷に如《し》かぬと、わしに悟してくれたのであろうよ。侍の時代など忘れて、新しき世を生きよ、となし。

わしと別れてからの数年を、祖父はどこでどのように過ごしておったのであろうと、今も思う。わしと、わしの後に続く岩井の子らのために、おのれができることをずっと考え続けていたのであろう。

明治十年の死に至るまで、祖父は禿頭を裾衣《すそごろも》に結い、付け髷を付け続けていたことになる。だとすると、腰にはあの宗次の脇差を差していたはずだが、その名刀をあえてわしに遺そうとはしなかった。いっとき孫の命を奪いかけた刀などよりも、付け髷のほうがよほど意味深いものであると信じたからであろう。

五郎治は始末屋であった。藩の始末をし、家の始末をし、最も苦慮したわしの始末もどうにか果たし、ついにはこのうえ望むべくもない形で、おのれの身の始末もした。

男の始末とは、そういうものでなければならぬ。けっして逃げず、後戻りもせず、能《あと》う限りの最善の方法で、すべての始末をつけねばならぬ。

あの人のような始末は、誰にも真似はできぬであろうがの。

考えてもみよ。西南の役に斃《たお》れた祖父は、あの西郷どんと刺し違えたようなものではないか。それは手前勝手な遺恨などではあるまいぞ。岩井五郎治は最後の武士の一命をもって、千年の武士の時代と刺し違えたのだ。おのが身の始末は、同時におのが世の始末でもあった。

さ、話はこれでしまいだ。くれぐれも、母や婆には内証にしておくのだぞ。

なに、その付け髷を見せろ、だと。それはだめだ。あれはわしが五郎治から貰うたもので、子や孫に伝えるものではない。所在も言えぬ。わしがこっそり冥土に持って行き、手ずから祖父の頭に載せてさし上げる。

そうしてこそ五郎治殿の御始末は、十全に成し遂げられると思うでな。

わしは栗を剝かねばならぬ。さあ、膝から出て、しばらくそばに寄るではないぞ。もう爺に苦労を思い出させるな。おまえはただ、旨い栗飯を食えばよい。

そうだ、それでよい。

＊

砦のように鞏固《きょうこ》な、そして蓮の台《うてな》のように平安な曾祖父の膝の感触はありありと覚えているのに、その顔が記憶にないのはどうしたことであろう。

いつ、どのように亡くなり、葬いがどうであったのかも私は知らない。曾祖父はおそらく、子孫の記憶にもとどまらぬほどの、慎ましい人だったにちがいない。

武家の道徳の第一は、おのれを語らざることであった。軍人であり、行政官でもあった彼らは、無私無欲であることを士道の第一と心得ていた。翻《ひるがえ》せば、それは自己の存在そのものに対する懐疑である。無私である私の存在に懐疑し続ける者、それが武士であった。

武士道は死ぬことと見つけたりとする葉隠《はがくれ》の精神は、実はこの自己不在の懐疑についての端的な解説なのだが、あまりに単純かつ象徴的すぎて、後世に多くの誤解をもたらした。

社会を庇護する軍人も、社会を造り斉《ととの》える施政者も、無私無欲でなければならぬのは当然の理《ことわり》である。神になりかわってそれらの尊い務めをなす者は、おのれの身命を惜しんではならぬということこそ、すなわち武士道であった。

人類が共存する社会の構成において、この思想はけっして欧米の理念と対立するものではない。もし私が敬愛する明治という時代に、歴史上の大きな謬《あやま》りを見出すとするなら、それは和洋の精神、新旧の理念を、ことごとく対立するものとして捉えた点であろう。

社会科学の進歩とともに、人類もまたたゆみない進化を遂げると考えるのは、大いなる誤解である。たとえば時代とともに衰弱する芸術のありようは、明快にその事実を証明する。近代日本の悲劇は、近代日本人の驕《おご》りそのものであった。

誰しも父祖の記憶をたぐれば、明治維新という時代がさほど遥かなものではないことに気付き、愕然とする。実はその愕《おどろ》きの分だけ、われわれはその時代を遠い歴史上の出来事として葬っているのである。

おのれを語らざることを道徳とし、慎しみ深く生きた曾祖父を思えば、実名すら憚ってあらぬ物語を書きつづる私は、まこと不肖の子孫である。

さほど遠くはない昔、突如として立ちはだかった近代の垣根の前に、とまどいうろたえながらとにもかくにも乗り越えた人々の労苦を、私はいくつかの物語に書いた。

開き直って、刀を筆に持ちかえただけだと嘯《うそぶ》けば、父祖の魂はおそらく叱る気力も萎えて言うであろう。

理屈を捏《こ》ねるではない、この馬鹿者、と。

エッセイ　武士のライフサイクル

私が生まれた昭和二十六年は、江戸時代から八十数年しか経っていなかった。かつては西暦表記が少なく、ほとんどが元号表記であったせいか、歴史の経過に連続性を感じづらかった。だから幼い日の私も、今の若者たちとおそらく同様の感覚で、江戸時代を遥かな昔だと思っていた。

しかし、なにしろたった八十年である。祖父母が達者であった生家には、旧《ふる》いしきたりが色濃く残っていたし、門前にはしばしば新内《しんない》流しや虚無僧《こむそう》が現われ、ときには三河万才《みかわまんざい》が土足で躍りこんできた。

それでも世間は、やがて来たるべき東京オリンピックに向かってせり上がっていった。テレビや自家用車が急速に普及し始め、ザ・ビートルズはデビューしたのである。

要するに私は、明治維新後のようなごちゃまぜの時代に生まれ育ったらしい。

そのことに気付いてからは、幕末を生きた武士に俄然興味を持った。八十年を隔《へだ》てているとはいえ、彼らと私は社会背景と個人的感傷——すなわち風景を共有しているような気がしたのである。

これを書かぬ手はあるまい、と思った。

「齢《よわい》四十《しじゅう》を過ぎた老役《ろうやく》」

かつて読んだ資料の中に、そんな表現があった。以来それは、時代小説を書くうえでの私のキーワードとなった。

肉体的寿命が短ければ、社会的寿命も縮んで当然である。つまり、七十歳が「古来稀《ま》れ」であり、六十の還暦が吉事であった時代には、遅くとも五十までには家督を譲って隠居するべきであり、よって四十代は「老役」とされたのである。

むろんここで言う「老」には、儒教的な敬意もこめられている。しかし、どの階層にかかわらず働き手は二十代三十代の青壮年であり、まして世襲社会である武士階級においては年功序列の基準がないから、「四十を過ぎた老役」という言いようにはむしろ、敬意よりも軽侮《けいぶ》を感ずる。

江戸時代は二十代と三十代が牽引《けんいん》する、若々しい社会であった。よって明治維新が若者たちによる革命であったとするのは、すこぶる今日的な解釈であり、彼らの思想と行動が年なりの青春グラフィティーであったはずはない。早い話が、彼らはずっと大人だったのである。

武士のライフサイクルは、およそこのようなものであったらしい。

十五歳で元服。すなわち成人式が今日より五年早い。いや、算《かぞ》え齢だから六年も早い。そしてこれも算え十五と定《き》まっているわけではなく、家庭の事情に応じて数年は前後する。父親が病弱であったりすると、齢に鯖《さば》を読んで早めに成人させる。

その後五年ぐらいは、父の仕事を見習う。給料も職場も個人ではなく「家」についてくるので、丸覚えしなければならぬ。あるいは、丸覚えするだけでよい。しかしその間にも学問や武芸に励まねばならぬ。

二十歳《はたち》になったら嫁取りを考える。早ければ早いほどよい。遅くに生まれた嫡男ならばなおさら急がねばならぬ。すべては家名存続のためである。

そうして万事順調に運べば、父親が四十なかば、倅《せがれ》が二十代でめでたく家督相続となり、父母は隠居して積年の夢であった湯治《とうじ》や物見遊山《ものみゆさん》に出かけ、あるいは趣味に打ちこみ、孫の教育にあたる。江戸時代に開花した豊かな文化は、趣味道楽から学問芸術に至るまで、彼ら隠居たちに負うところが多い。伊能忠敬《いのうただたか》の手になる「大日本沿海輿地全図《だいにほんえんかいよちぜんず》」などは、さしずめそうした隠居の偉業と言える。

しかし、現実はどうだったのだろう。幼児の死亡率がすこぶる高く、疫病に対しても決定的な治療法がなかった時代の話であるから、前述のようなマニュアル通りにことが運ぶケースは、むしろ稀だったのではなかろうか。だとすると、「齢四十を過ぎた老役」は珍しくもなかったはずなのだが、やはり当時の社会には軍事政権を担う武士の道徳があって、体力が衰えを見せる四十代は「老役」とされたのではないかと思える。

江戸時代には制度としての定年がなかった。隠居はあくまで自由意志である。

いや、自由というより、跡取りの年齢と能力次第であったろう。現実にはおそらく、五十歳前後というところであろうか。

私が若い時分、つまりそれから百年後の日本では、概ね五十五歳が定年であった。その後ほどなく六十歳に延長され、今日では何やかやと条件つきではあっても、みなさん六十五歳までは働いておられるようである。百五十年の間に、社会的寿命が十五年延長された。その事実をはたして進歩と呼ぶか変容とするか、つまり幸か不幸かが私にはよくわからない。

そのぶん、人間が総じて若く幼くなったのはたしかである。ライフサイクルの全体が延び、かつ緩んだのだからそういう結果になる。よって時代小説を書くにあたっては、登場人物の年齢を、そのまま今日の人々に比定せず、よほど年かさに按配しなければならぬ。

その伝で言うなら、本年めでたく古稀を迎える私は、およそ八掛けの五十六歳というところであろう。

なにやら励みにはなるのだが。

（令和三年　三月）

解説

磯田道史

幕末はそれほど遠い時代ではない。せいぜい、私たちの曽祖父か玄祖父のころの話である。にもかかわらず、はるか昔のように感じられるのは、この時代が千年つづいた「武士の世」の末端で、明治以後になってはじめて「いま」になるという感覚を、我々がもっているからにちがいない。

浅田次郎氏がこの作品集『五郎治殿御始末』で描こうとしたのは、まさにその「千年の武士の世の最後」にほかならない。浅田氏が書斎にこもって、この作品を書いていたころの日本は暗かった。日経平均株価は七千円をうかがってドン底であり、倒産と失業と自殺の冷たい統計数字だけが、うなぎのようにヌルヌルとのぼっていた。バブル経済の清算に苦しむこの国の有様をながめるなかで、「後始末」という言葉が、この作家の脳裏をかすめたのだと思う。一つの時代が終わると、必ず後始末というものが、必要になってくる。武士の世のおわりにも、それはあった。日本人が千年やってきたことの後始末だから、それこそ途方もない後始末である。浅田氏は、そのなかで苦しみながらも、まっとうに生き、見事に後始末をつけてきた侍たちの生きざまを描いている。

当初、武家社会というものは剝《む》き出しの「私欲」の世界から発している。いささか学問的な話になるが、中世以前、この国では「在地《ざいち》」ということがよくいわれた。現地というほどの意味で、現地にいる土地領主のことを「在地領主」とよんだ。武士の時代は千年にわたるが、実は、平安・鎌倉・室町時代というはじめの七百年は、武士が領地に居住してその在地を治めていた。学術的には「在地領主制の時代」とよばれる。中世の武士たちは「一所懸命」の自分の土地を守るため、「強いものにつく」という私の単純な欲望から、主従関係を結んだ。鎌倉武士などはその典型であり、鎌倉殿とよばれた将軍に奉公するのは、徹頭徹尾、おのれの土地のため、私欲のためであった。中世は「私の世界」であり、この時代の武士は私欲の塊であったといってよい。

ところが、である。この島国に「火縄銃」という厄介なものが、ヨーロッパから持ち込まれた。火縄銃は在地領主の時代を終わらせた。火縄銃という道具は、群雄割拠を許さない。火縄銃で攻めると、これまで落ちなかった難攻不落の山城も、たちまち落ちる。日本中の武士たちは、これまで裏山の砦《とりで》に立て籠もって「在地領主」として「おらが村」に君臨してきたが、それが許されなくなった。天下統一がすすみ、農村に住んでいた武士たちは豊臣や徳川といった「天下」もしくは「公儀」とよばれる新しい権力者に従う道をえらび、「在地」から切り離された。兵農分離で、城下町に集住させられ、「国替え」の一言で、どこへでも赴任させられるようになったのである。

そのなかで、「武士の無私化」とでもいうべき現象がおきた。武士が主君に仕えるのは、私欲のためであったはずだが、江戸時代になると、武士は在地から離れ、城下町に住み、毎日、主君に仕えるようになる。城下町から勝手に出ることも禁じられ、生まれてから一度も自分の領地をみたことがない武士の時代になる。領地などに行かずとも、藩主に忠実に奉公してさえいれば、年貢米は自然と自分の屋敷に運ばれてくる。

そのなかで、「私なき奉公」という徳川武士の道徳が生まれてくる。浅田氏がこの作品集で描きたかったのは、その私なき武士たちの「おのれの身の始末」のつけかたであり、徳川武士の物語を語ることによって、なにがしかのことを、いまを生きる日本人に訴えているのではあるまいか。

ところで、このような徳川武士を小説に描く場合、その舞台設定が大切になってくる。徳川武士の純粋モデルを、いずれかの藩に求めなくてはならないが、浅田氏は表題作『五郎治殿御始末』の舞台として「桑名《くわな》藩」をえらんでいる。おそらく、この作家の鋭い感性のなせるわざであったと思われるが、これは歴史研究者の目からみても、きわめて適切な舞台設定である。

桑名藩ほど徳川武士らしい武士集団はない。徳川武士の純粋モデルは桑名藩といっていいほどである。なぜか。地政学的にみて、伊勢国桑名は特別な地である。家康以来、徳川幕府は、幕府が倒れぬよう、あらん限りの知恵をしぼって、たくみに全国に大名を配置した。その手の内を明かせば、こうなる。家康は永久につづく政権はないと考えていた。いつの日か、必ず、西国の外様大名は江戸にむかって攻めてくるとみていた。それを想定して、家康は、まるで合戦のときの陣立てのように、徳川一門・譜代の大名を日本地図のうえに配置している。

そのとき、一番、重要な地点がある。私は「彦根―桑名線」とよんでいるが、これが西国大名を迎え撃つ徳川軍の防衛ラインつまり最前線になる。京大坂方面から江戸にむかって正面から進攻してくる場合を考えると、この彦根と桑名を結んだ線を敵は必ず通ることになる。日本地図をみるとわかるが、琵琶湖と伊勢湾にはさまれたこの場所で陸地が一番せまくなっている。西国外様大名の軍は、このわずか十里（四十キロ）ばかりの地峡を突破してくることが確実であったから、徳川幕府は、もっとも信頼のおける、いかにも徳川らしい譜代や一門の家をえらんで、ここに置いた。関ヶ原の合戦のあと、家康は自ら指示して、はじめ佐和山、のち彦根に井伊《いい》直政の「井伊の赤備え」を置き、桑名に本多忠勝の本多家を入れた。この時代、防御の要点は、いかに火縄銃を防ぐかにあった。火縄は水に弱い。家康も考えたものである。琵琶湖の水辺に彦根城を、伊勢湾に浮べて桑名城を築いて、水城《みずじろ》とし、徳川四天王のうち、井伊と本多をそこに配した。ただ桑名のほうは、たびたび入れ替えられ、幕末にいたって、寛政の改革で知られる松平定信の子孫・久松松平家が白河から移封されるにいたった。

北方の防衛ラインもある。会津・白河を機軸として、東西に長岡と磐城平《いわきたいら》を結んだ線である。つまり、幕末史で最後まで徳川にこだわった諸藩は徳川の防衛ラインを担う「数珠つなぎ」の藩の一角をなしていた場合が多い。桜田門外の変で暗殺された井伊掃部頭《かもんのかみ》は彦根、坂下門外の変で暗殺されかけた安藤対馬守は磐城平の藩主であった。長岡藩牧野家、会津松平家の徳川への頑なまでの忠義はいうまでもない。

桑名の久松松平家はそのような立地条件で培《つちか》われてきた「徳川武士の純粋モデル」であり、そこに生きる「岩井五郎治」という架空の人物の生きざまを通して、この国の人々の生き方そのものが、この作品では問われている。通読してみて思ったが、この本を読むと、徳川武士の純粋型の特徴が恐ろしいほどよく捉《とら》えられている箇所にしばしば行きあたる。土地から切り離されてしまった徳川武士が、命より大切にしていたものは、主君の御家と自家の家名の永続であったが、浅田氏は「最後の武士」である岩井五郎治に、こういわせている。いよいよ、武士の世が終わりと悟ったところで、五郎治は孫にこういい残す。

「重々考えた。岩井の家はしまいじゃ。初代久松定勝公より十八代の長きに続いた桑名松平家がしまいなのじゃさかい、御譜代の岩井家がこのさき続かねばならぬいわれはあるまい」

ここでは、主君の家のほうが、自分の家よりも上位に置かれている。主君の松平家のために、岩井家はある。だから、主家がしまいになったいま、自分の家の存在理由はない、といっている。

これは戦国以前の中世武士の感覚とは百八十度ちがうものである。中世武士は、主君の家を「自分の家が生き残るための道具」ぐらいにしか考えていなかったかもしれない。つまり、自分のための主君であった。ところが、江戸時代になると、いつのまにか「主君のための自分」になってくる。それが徳川武士というものであり、浅田氏の筆は、よくその一面をえぐっている。そして、最後に、こうもいわせている。

「これからは、万事が金の世になるのじゃろうな」

江戸時代は、まぎれもなく経済社会の萌芽であったけれども、やはり身分・権威・武力が幅をきかせた社会であった。たとえば、武士が買い物をするときは、自分で金にはさわらず、しばしば、財布をまるごと商人にわたし、なかから代金をとらせたといわれる。金にさわるのは賤しい行為と考えたからである。「そんなことをさせて、代金を多めにとられないか」と考えるのは、現代人の感覚である。武士の腰には、やはり、二本の刀が恐ろしく光っており、滅多なことをすれば「斬られる」ということを商人も知っていた。そういう意味で、やはり江戸時代は身分や権威・武力が世の中をおおっていた時代といわざるをえない。

このような武士の世を終わらせたのは、またしても、鉄砲であった。火縄銃は武士が在地領主であることを終わらせたが、ライフル銃と榴弾砲の登場は、武士の時代そのものを終わらせた。百メートル離れれば、かなり安全で一分に数発しか打てない火縄銃の時代は、まだ刀や槍・騎馬武者にも出番はあった。しかし、五百メートル先の人馬をなぎ倒すライフル銃と四千メートルもとぶ榴弾砲が出てくると、馬上の鎧武者は何の役にも立たなくなった。それでも、武士らしい戦いを望むものたちは、作中で、岩井五郎治がそうしているように、白兵戦の抜刀突撃をして、討ち死にするよりほかなかった。

そうして死に絶えていった最後の武士たちが考えていたことに、私は日ごろ強い関心を抱いているが、本作品では、このように描かれている。すなわち、岩井五郎治は桑名藩の「始末屋」として藩のすべてを清算するつらい作業にあたり、それをやり終えると、家財道具を売り払って、自分の岩井家をも始末し、その後、行方知れずになる。ところが、いつのまにか五郎治は老骨に鞭打って、西南戦争に加わっていた。そして、ある日、突然に孫である主人公のもとに「桑名武士として、みごとに」白兵戦で討ち死にしたとの一報がくる。その報せをもたらしたのは、旧桑名藩士とおぼしき一人の帝国陸軍の将校（のちの陸軍大将立見鑑三郎がモデルと思われる）であるが、将校が携えてきた五郎治の遺品は、どういうわけか一筋の「付けチョンマゲ」であった。このチョンマゲにこめられた意味はこうであった。

「侍の理屈は、一筋の付け髷に如《し》かぬ……侍の時代など忘れて、新しき世を生きよ」

明治の日本人は、まさにそのように生きた。ふるい時代の頭をかなぐり捨て、必死になって、新しい文明の時代を作ろうとした。滅んでいった最後の武士たちも、新しい時代が来ており、自分たちが無用の長物に成り果てたことが、よくわかっていた。わかっていたけれども、自分自身は、どうすることもできず「せめて自分の子や孫たちは、この新しい時代でうまく生きていってほしい」。そう願いながら、死んでいったといってよい。

浅田氏は小説という手法で、事の本質に迫っているが、私が調査した幕末生き残り武士の書簡にも、やはり同じような思いが綴られていた。ある加賀藩士は自らのことを「何の役にも立たぬ士族」といい、何を企てる元気もなく、このまま死ぬしかないが、ただ孫への教育だけが、当今、我々の奉公であると書いていた。浅田氏の作品はフィクションであるが、現実以上に現実をえぐっているところがある。最後の武士たちが死を前にして考えていたのは、この小説がさし示しているように、自分の子供や孫たちのことであった。

この作品の最後に、とても重たい言葉がある。幕末維新を生き延びた祖父が栗をむきながら、幼い孫に対して、こういうのである。

「もう爺に苦労を思い出させるな。おまえはただ、旨い栗飯を食えばよい。

そうだ、それでよい」

子や孫にだけは苦労をさせない。思えば、武士というものを失ってから、それだけが、我々、日本人のたしかな道徳であったかもしれない。このような幼き者への優しさでもって、かろうじて日本人は、これまでやってこられたようにも思う。日本人は優しい。親が子を思い、子が親を思うという優しさの連鎖が、この国の人の心を安定させ、社会を安定させてきた。これはまぎれもない史実である。

しかし、今日の我々は、かつての経済的な過ちに「始末」をつけているだろうか。国にも地方にも、大きな借金の山をつくり、ある意味で、この国の「公」というものを無茶苦茶にしたまま、子や孫たちに世代を譲ろうとしているようにも見える。子や孫に「旨い栗飯」を食わせるどころか、親たちが栗飯を先に食ってしまって、子や孫を呆然とさせている有様かもしれない。それを思うとき、

「男の始末とは、そういうものでなければならぬ。けっして逃げず、後戻《あと》りもせず、能う限りの最善の方法で、すべての始末をつけねばならぬ」

という作中の言葉が、とても厳しく、まるで突き刺さるかのように我々の心に響いてくる。

（いそだ　みちふみ／日本近世史）

◆「柘榴坂の仇討」映画化記念

明治維新は歌舞伎にとってもたいへんだった

対談　中村吉右衛門　歌舞伎俳優　×　浅田次郎

撮影・中央公論新社写真部

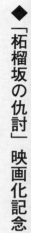

本書収録の短篇「柘榴坂《ざくろざか》の仇討《あだうち》」が、映画化（二〇一四年九月公開）される。井伊直弼《いいなおすけ》役は、歌舞伎俳優の中村吉右衛門さん。映画の完成を間近に控え、吉右衛門さん、原作者の浅田次郎さん、初対面の二人が語り合う。

井伊直弼の人物像

編集部　今日は撮影のときのことから、歌舞伎のお話まで、お二人に語り合っていただきたいと思います。吉右衛門さんは、ご自身が演じられた井伊直弼についてて、どんなイメージをお持ちでしょうか。

吉右衛門　井伊直弼は、大老という将軍に次ぐ地位にいて、政治だけでなくすべてに堪能だった人です。死も覚悟して日米修好通商条約を結んだ。日本の進むべき方向を見据えていて、総理大臣以上の仕事をしたと思います。肖像画が残っていますが、福々しい大老然とした方ですね。映画のお話をいただいて、私は似ていないのでよろしいでしょうかとずいぶん申し上げたんです。舞台なら自分で人物を作り上げていくので顔は似ていなくてもいいんですが、映像はまず見た目です。でも、ぜひにと言われれば役者冥利に尽きますから、今回の役をお引き受けしました。

浅田　井伊直弼というのは特別な役だと思います。あらゆる芝居や映画のなかで、いちばん特別なのは大石内蔵助ですよね。役者さんにとっては、憧れる最高峰の役だと思います。二番目は何かと考えたら、井伊直弼じゃないかと思う。歴史上の大物だし、伝説が付きまとっているし、最期は劇的な亡くなり方をします。映画化されると聞いたとき、井伊直弼は誰がやるんだろうと、すごく気になりました。吉右衛門さんということで、ああなるほどなと納得しました。

吉右衛門　そう言っていただけるとありがたいですね。これまで井伊大老を何度か演じて（北条秀司《ひでじ》作の新歌舞伎）、そのときにいろいろ聞いたり調べたりしたことがあったので、今回も参考にしました。浅田先生の思い描く井伊直弼とは違うかもしれませんが、監督もオーケーしてくれたのでよかったと思っています。

浅田　歴史上の人物というのは、あらかじめこういう人だと、僕らも決めつけているところがありますね。それを小説に書いても面白くないんです。書く前に、本当はどうだったんだろうと、まず疑ってみる。手に入りにくい史料を読んで想像していくところから始めます。調べてみますと、大老という役職は、江戸幕府においては名誉職で、実権を握っているのは老中と若年寄です。ところが井伊直弼の大老だけは別格なんです。彼は全老中・若年寄に対して専権を揮って、すべてを支配しています。

吉右衛門　堀田さん（老中の堀田正睦《まさよし》）に動かされていたわけではないんですか。

浅田　そうです。どうして井伊直弼があんなに積極的に政治に関わっていったのかというと、彼自身が、本来、彦根の殿様にもなるべき生まれではなかったからではないかと思います。それが、彦根藩主になり、幕閣にも登場してゆく。自分の人生を顧みたとき、彼は天命だと悟ったのではないでしょうか。あり得べくもない人生が用意されたということに対して、自分にはやるべきことがあるという使命感を持った。だから彼の政治には、反発されても断行するという強さがあります。
吉右衛門　学校では、安政の大獄で人をたくさん殺したから桜田門外でやられたとか、不平等条約を通してしまったということしか教わりませんでした。でも、今の日本にすごく影響していると思いますね。
浅田　どんな形で開国するにせよ、攘夷《じょうい》一辺倒は無理ということは確信していたはずです。何とか外国とうまく交渉してソフトランディングしようというプログラムを持っていたんではないでしょうか。
吉右衛門　井伊家は代々、自分たちが徳川の守りの要だという執念を受け継いでいて、それゆえに井伊大老は将軍後継になりそうな一橋慶喜《よしのぶ》を排して、条約を結ぶという道を選んだという面もありますね。
浅田　桜田門外で暗殺される原因は、水戸側から見れば、慶喜を排除されたという、自分たちの殿様が蔑《ないがし》ろにされたことへの私怨のほうが強かったと思います。井伊直弼は、ほかにも尾張《おわり》の徳川慶勝を罰したり、御三家に対しては積極的にぶつかっていきます。それは譜代筆頭としての誇りだと思います。会社で言うと、生え抜き社員の筆頭と経営者一族との角逐という感じですね。殿様

中村吉右衛門

になるべくもない境遇だったゆえ、井伊直弼には譜代筆頭という意識がより濃く出ているようです。

吉右衛門　そういう気持ちを持っていたからこそ、禅とか茶道にのめり込んで、心の平安を求めたように思えます。

浅田　部屋住みが長いと、狙うは養子の口ですね。そのためには教養人でなければならない。文化的教養のある人は器が大きくなりますね。

吉右衛門　居合、茶道から禅にいたるまで、深く深く勉強して、政治の糧にしていたのかもしれません。

浅田　この小説では、主人公の御駕籠《おかご》回りの近習《きんじゅう》（志村金吾《しむらきんご》）が井伊直弼をとても慕っています。おそらく井伊直弼は、家臣から見て遠い距離にいる殿様ではなかった。部屋住みが長かったから、多くの家臣が顔を知っていたし、直接声を交わしたり、一緒に道場に通ったこともあったかもしれない。親近感のある殿様ではなかったかという想像をしました。

吉右衛門　映画でも、近習役の中井貴一さんとのシーンで、すごく親しげに言葉を交わすんですよ。家臣から見て、とても可愛げのあるやさしい方なんだという、監督の演出がありました。中井さんが、「これで長年仇《かたき》を追い続ける気持ちになれた」とおっしゃっていたそうです。桜田門に向けて出立する場面ですが、家臣たちに「ご苦労」と、言葉をかけたんです。シナリオにはなかったんですが、言いたくなりましてね。

浅田　井伊直弼なら言いそうですね。

吉右衛門　よかった。ありがとうございます。

浅田　明治時代になってからの史談録（聞き書き）では、井伊家の元家臣が「掃部《かもん》さまの時代には……」という言い方をしています。これなんかは井伊直弼（掃部頭《かもんのかみ》）への親近感がよくあらわれているのではないかと思います。

浅田次郎

吉右衛門　それだけ近しい殿様なら、家臣が仇を討ちたいという気持ちになるのもわかりますね。

たんなる主従の関係だったら、そうはならなかったかもしれません。

桜田門外の変の謎

浅田　井伊家の上屋敷は今の国会議事堂正面の手前側にあって、桜田門とは目と鼻の先です。だから、行列の人数からすると井伊直弼の駕籠が襲われたとき、行列の一番後ろはまだ門を出ていなかったかもしれません。ほとんどの人は、雪が降っているし、何が起きているのかわからなかったでしょう。

吉右衛門　どうしてもわからないのは、暗殺の脅迫があったにもかかわらず、なぜ刀に柄袋《つかぶくろ》をかけていたか。もし柄袋をしていなかったら、さっと刀を抜けて、相当の人数で駕籠を守れたのではないかということです。

浅田　それは永遠の謎ですね。参勤交代のときの大名行列の絵を見ると、全員が柄袋をかけています。物頭《ものがしら》が「雪が降っているから柄袋をかけろ」と言ったと伝わっていますが、雪が降っていなくても、登城のときは習慣的にかけることになっていたかもしれません。

吉右衛門　まして大老の行列ならきちっと威儀を正さなければいけないということですね。

浅田　主君を討ち取られた人たちが、何かのせいにしたいという、負け惜しみもあるかもしれません。行列に参加していた人にとっては、大屈辱なわけですから。

吉右衛門　また雪が象徴的ですね。今の暦では三月末の遅い雪です。舞台のときの井伊大老には、彦根の埋木舎《うもれぎのや》から見る雪景色への思いがありました。今回の映画でも、駕籠に乗り込む場面で、雪を見て、自分の死期を悟るという気持ちをこめてみました。雪に対して特別な思いを持っていたような気がします。

歌舞伎と小説

浅田　じつは僕の小説の作り方は、歌舞伎の影響を受けているんです。祖父母が芝居好きで、僕も歌舞伎座に初めて行ったのがいつか覚えていないほど、小さいときから連れていかれました。だから、歌舞伎のストーリーテリング、劇の構成が、まず身についていったような気がします。僕の小説で言われる、登場人物一人一人の誇り高さみたいなこと、あるいは悪の論理というのも、もともと歌舞伎にはありますね。泥棒を見て、「格好いい」なんて思うのは、世界中見渡しても歌舞伎だけでしょう。祖母は黙阿弥《もくあみ》の狂言が大好きで、家の中で、掃除しながらでも飯を炊きながらでも、ブツブツ五七調の台詞をしゃべっているんです。聞いていると、意味はよくわからなくても、気持ちがいい。

吉右衛門　それだけ歌舞伎が生活に入っていた時代なんですね。音楽を聴くみたいなものですね。

浅田　いちばん古い記憶で、芝居としてはっきり覚えているのは「先代萩《せんだいはぎ》」です。政岡《まさおか》が歌右衛門（六代目中村歌右衛門）さん、仁木弾正《にっきだんじょう》が先代の幸四郎（八代目松本幸四郎）さんでした。小学校に上がるか上がらないかの頃です。

吉右衛門　うちの親父（八代目幸四郎）ですね。それはすごいなあ。筋が複雑な芝居なのに覚えていらっしゃるとは。

浅田　異界に連れ込まれる感じ、世の中にあり得ない色と光ですよ。ぜんぜん退屈することはありませんでした。歌舞伎は理屈じゃありませんね。

吉右衛門　劇場全体が異次元で、そこでお客様が一体になって楽しんでいただけるとありがたいです。

浅田　このあいだ吉右衛門さんの歌舞伎を見させていただきました（歌舞伎座四月夜の部「一條大蔵譚《いちじょうおおくらものがたり》」）。吉右衛門さんの大蔵卿は本当に可笑《おか》しかった。出てきた瞬間に大爆笑になるというのは、ほかの芝居にないですね。

吉右衛門　大蔵卿は何回かやっているのですが、私のは先代の勘三郎のおじさま（十七代目中村勘三郎）に教わりました。顔はこうつくれと化粧のことも言われましたし、表情も、もっと口を開けろとか、もっと眉毛を離せとか、怒鳴られながら教わりました。大蔵卿はお公家さんで、品もなくてはいけないですし。ただ面白いだけではすまない芝居なので、なかなかやりがいがありますね。

浅田　昔からの演出なんですか。

吉右衛門　私はやったことはないのですが、この芝居は、前にもう一幕「曲《くせ》舞《まい》」というのがあって、そこは踊りが主です。次の「檜垣《ひがき》」で阿呆を見せて、最後の「奥殿」で自分の本当の姿をあらわす、という三段階に分かれています。「曲舞」は以前に勘三郎のおじさまがなさったんですが、このごろはやる方もいなくて、踊りをよほど得意としている方でないと難しいです。

歌舞伎にとっての明治維新

浅田　江戸が明治に変わったときに、いちばん焦ったのはお芝居だったと思うんです。『黙阿弥全集』を読んでいると、明治時代になってからの「開化もの」っていうのが、結構あります。でも、僕は歌舞伎座で一度も見たことがないんです。ほとんどやらないでしょう。

吉右衛門　「散切物《ざんぎりもの》」ですね。私も演《や》ったことはないんです。（笑）

浅田　黙阿弥は、明治になったんだから現代物を書かなきゃならないと思ったんでしょう。たぶんやってはみたけど、ぜんぜん受けなかったんですよ。晩年はもとに戻って傑作を書いていくことになる。座付きの作者がそうだったんだから、当時の役者さん、演出する人、全員が大混乱だったのではないでしょうか。世の中は古いものは全部やめろという時代、日本語をやめてフランス語を国語にしようという意見まであったくらいのときです。

吉右衛門　九代目団十郎とか五代目菊五郎、かの有名な「団菊左」も焦っていましたね。活歴物《かつれきもの》とか、チャリネというサーカス団がくるとそれを取り入れた踊りをつくったり、たいへんな騒ぎをしています。何とか、時代に合わせようとしたのです。次の次の世代が初代吉右衛門や六代目菊五郎で、その頃になると世の中も右傾化して、古典が受け入れられるようになっていきます。明治・大正は混乱の時代ですね。何をやったらいいのか、試行錯誤です。

浅田　伝統を守るというのは、政治や社会と格闘していかなければならないから、簡単な話ではありませんね。明治維新以来今日まで、日本が変わってゆくなかで、歌舞伎もたいへんなご苦労があったんですね。

吉右衛門　確かなことは、太古から人間というものはあまり変わりがない。男と女がいて、惚れ合ったり喧嘩したり、ときには殺し合いもある。古典には不《ふ》易《えき》流行のものがあると思ってやらしていただいています。今の時代ならではの歌舞伎も、あるのだろうと思います。他の役者さんはいろんなことをやられていますが、私には「これだ」というものはまだ思いつきません。黙阿弥が江戸の白波を格好よくやったようなものには、お目にかかれていませんね。

浅田　何か出てくるんでしょうか。

吉右衛門　ぜひ、浅田先生に歌舞伎を書いていただけたら嬉しいですね。

浅田　これはとても難しいですよ。でも、歌舞伎の台本を書くというのは、江戸っ子の夢ですね。

（二〇一四年四月十七日）

中村吉右衛門（なかむら　きちえもん）
一九四四年、東京生まれ。八代目松本幸四郎（白鸚）の次男で、母方の祖父・初代中村吉右衛門の養子となる。四八年、中村萬之助の名で初舞台。六六年、二代目中村吉右衛門を襲名。二〇一一年、重要無形文化財保持者（人間国宝）に認定。芸術院会員。二〇一七年、文化功労者。荒事、時代物、世話物にいたる幅広い芸域で、古典歌舞伎の第一人者として重きをなしている。一四年公開の映画「柘榴坂の仇討」に井伊直弼役で出演。

映画「柘榴坂の仇討」（配給・松竹）
監督　若松節朗
出演　中井貴一
阿部　寛
広末涼子／
中村吉右衛門

初出一覧

椿寺まで　「旅行読売」二〇〇〇年四月号・五月号
箱館証文　「旅行読売」二〇〇一年二月号・三月号
西を向く侍　「旅行読売」二〇〇二年一月号・二月号
遠い砲音　「中央公論」二〇〇二年六月号
柘榴坂の仇討　「中央公論」二〇〇二年二月号
五郎治殿御始末　「中央公論」二〇〇二年七月号

本書は『五郎治殿御始末』（二〇一四年五月刊、中公文庫）に書き下ろし「エッセイ　武士のライフサイクル」を加え新装したものです。

中公文庫

新装版《しんそうばん》
五《ご》郎《ろう》治《じ》殿《どの》御《お》始《し》末《まつ》

2021年4月25日　初版発行

著　者　浅《あさ》田《だ》次《じ》郎《ろう》

発行者　松田陽三

発行所　中央公論新社
〒100-8152　東京都千代田区大手町1-7-1
電話　販売 03-5299-1730　編集 03-5299-1890
URL http://www.chuko.co.jp/

ＤＴＰ　平面惑星
印　刷　大日本印刷
製　本　大日本印刷

Published by CHUOKORON-SHINSHA, INC.
Printed in Japan　ISBN978-4-12-207054-7 C1193